COLLECTION FOLIO

Nicolas Bouvier

Le poisson-scorpion

Gallimard

Le poisson-scorpion a été publié en coédition par les Éditions Bertil Galland, à Vevey, et les Éditions Gallimard, à Paris, en 1982.

Nicolas Bouvier, né en 1929 à Genève, photographe, écrivain, grand voyageur, s'est fait connaître grâce à des livres inspirés par son expérience du monde entier.

Le poisson-scorpion a reçu le prix de la Critique 1982 et le prix Schiller 1983.

À Eliane
Thomas
Manuel

et à Claude Debussy,
cette histoire très ancienne

ON NE PEUT TOUT DE MÊME PAS
SE CONTENTER D'ALLER ET VENIR
AINSI SANS SOUFFLER MOT

Kenneth White

I

Cap de la Vierge

« *L'un naquit de la chaleur et en lui s'éveilla l'amour qui fut la première semaine de l'intelligence.* »

Rig-Vedas

Le soleil et moi étions levés depuis longtemps quand je me souvins que c'était le jour de mon anniversaire, et du melon acheté dans le dernier bazar traversé la veille au soir. Je m'en fis cadeau, le curai jusqu'à l'écorce et débarbouillai mon visage poisseux avec le fond de thé qui restait dans ma gourde.

J'avais dormi d'un trait à côté de la voiture sous un arbre pipal solitaire face aux dunes jaunes qui bordent le détroit d'Adam et à la mer pommelée de moutons blancs. La descente de l'Inde avait été une merveille. Aujourd'hui j'allais quitter ce continent que j'avais tant aimé. La matinée était chargée de présages et plus légère qu'une bulle. À toutes ses propositions la

13

réponse était : oui. Je refaisais machinalement le bagage en regardant de minces silhouettes noires culottées d'un chiffon carmin s'affairer autour d'un petit moulin de cannes à sucre à un jet de pierre de mon bivouac. Une fille vêtue d'un sarong du même rouge venait de leur apporter leur repas. J'avais mis la main en casquette pour mieux voir ses magnifiques seins nus dans le crépitement de la lumière. Par-dessus le ressac, j'entendais les voix chaudes et précipitées et le grincement des calandres de bois. Le temps était suspendu. Dans ce gracieux agencement d'échos, de reflets, d'ombres colorées et dansantes il y avait une perfection souveraine et fugace et une musique que je reconnaissais. La lyre d'Orphée ou la flûte de Krishna. Celle qui résonne lorsque le monde apparaît dans sa transparence et sa simplicité originelle. Qui l'entend, même une fois, n'en guérira jamais.

À soixante kilomètres du cap, la route s'arrête tout bonnement dans le sable comme quelqu'un qui juge en avoir assez dit. On aperçoit alors une cabane de planches qui a si peu l'air d'une gare qu'aucun guide ne la mentionne jamais. Et un petit train écartement Decauville, tout bois dur et laiton, patiné comme un chaudron par les paumes, les derrières et les petits cigares des voyageurs. Tout noirs aussi mes voisins : des saisonniers parias qui descendaient vers les plantations de l'Île, accroupis entre leurs balluchons de cretonne à fleurs, leurs jambes d'échassiers encadrant leur visage. Comme je prenais peu de place et n'écrasais pas leurs paquets, le plus hardi m'a demandé en anglais si j'étais indien du Népal. C'est grand l'Inde — dix-sept alphabets, plus de trois cents dialectes — on ne s'y connaît guère. Moi j'étais bruni, salé comme une galette, un peu recroquevillé de jaunisse aussi. Avant même que j'aie pu répondre, ils m'avaient déjà oublié. Ils s'étaient tous mis à arborer le même sourire ahuri et docile à cause de cette frontière qui approchait et qu'il leur fallait passer avec des papiers périmés, trafiqués, recuits par la transpiration. À la gare terminus du cap de la Vierge, ils se sont dirigés en colonne par quatre vers des baraquements qui fumaient dans la chaleur de midi. J'ai pris comme eux la file pour faire viser mon passeport. En me démanchant le cou j'ai vu dans l'ombre bleue d'un hangar un infirmier tamoul qui s'employait à vacciner cette troupe avec une seringue graduée grosse comme un biberon. À chaque client, il changeait l'aiguille et injectait sa dose au jugé. Pas de piqûre, pas de visa. Je n'en avais pas besoin sans doute, mais qu'est-ce qu'un vaccin de trop en regard d'une controverse avec un fonctionnaire de l'Inde du Sud. À cause de la couleur de mes yeux et pour que je n'aille pas me plaindre ensuite, l'infirmier m'a servi largement : trois fois la dose de mes voisins. Pour le sérum comme pour l'argent on prête aux riches. Dix ans d'immunité au moins. Contre quoi? je ne m'en souciais pas. J'avais deux ans de route dans les veines et le bonheur rend faraud. Il me restait à l'apprendre. Tout doucement.

Les prospectus assurent que l'Île est une émeraude au cou du subcontinent.

L'Arcadie de voyages de noces victoriens qui ont fait date. Un paradis pour les entomologues. Une occasion de voir le «Rayon vert» à des prix intéressants.

Moi je veux bien. Mais trois mille ans avant Baedeker les premiers rituels aryens sont un peu plus circonspects. L'île est le séjour des mages, des enchanteurs, des démons. C'est une gemme fuligineuse montée du fond de l'Océan sous le règne de mauvaises planètes. Et plusieurs passages qui la citent sont prudemment introduits et conclus par cette formule :

venins de l'ichneumon
de la murène
et du scorpion
tourné vers le Sud
trois fois je vous réduis en eau.

On verra bien.

II

Le douanier

La chaussée de terre qui descend vers Murunkan serpente entre les bassins d'irrigation construits par les vieilles dynasties. Les arbres qui avaient eu raison de ces étranges agencements de citernes et d'écluses sont morts depuis longtemps et leurs squelettes polis gesticulent aujourd'hui sur l'eau noire. Ici et là, la tache mauve d'un bougainvillier tremble dans la vapeur de midi. Pas de quoi faire un paysage : cette étendue de miroirs éclatés, silencieux, ternis suggère plutôt le trou de mémoire ou le doigt posé sur une bouche invisible.

À cause des cassis je conduisais à toute petite allure. Sur les pierres moussues, les tortues d'eau levaient leur tête plate pour voir passer la voiture. La route était presque déserte. En une heure je n'avais croisé qu'un paysan efflanqué qui trottait sur le bas-côté, les orteils en éventail, portant sur la tête un fruit vert d'une odeur si offensante et d'une taille si incongrue qu'on se demandait s'il s'agissait d'une grossière imposture ou d'un accessoire de comédie. Je pensais m'être fourvoyé et m'apprêtais à faire demi-tour quand j'aperçus à travers la sueur qui me piquait les yeux un long éclair d'argent porté par une silhouette avantageuse campée au milieu du chemin. C'était un gros gaillard hors d'haleine, le poil jaillissant des oreilles, dans un uniforme de la douane impeccablement repassé. Il me demanda en roulant les prunelles si j'allais sur Negombo. Il tenait sous le bras un espadon à l'œil encore frais, assez lourd pour lui faire fléchir les genoux, qu'il déposa à l'arrière de la voiture sans même attendre ma réponse. Je gardais là un grand coutelas népalais qu'il se mit à tripoter avec sans gêne.

« Strict-ly-for-bid-den-to-have-this-kind-of-weapon-on-the-Island », fit-il avec cet accent du Sud où l'anglais est carrément passé à la friture. Cette entrée en matière manquait de tact et je rétorquai qu'il était également interdit de monter dans ma voiture avec un grand poisson puant qu'on n'a pas payé. Après deux ans d'Asie je commençais à avoir mes idées sur la façon dont les douaniers remplissent leur gamelle. Il en aurait fallu plus pour le démonter. Il voulut bien trouver la plaisanterie à son goût, m'adressa un sourire indulgent et se mit en devoir d'installer son importante personne sur le siège du passager. Qui ne gémit pas. Plutôt qu'à un embonpoint véritable, sa corpulence devait tenir à l'opinion extrêmement flatteuse qu'il semblait avoir de lui-même. Il avait orienté le rétroviseur dans sa direction et refaisait sa raie avec un peigne de poche. Moi, je n'étais pas mécontent d'avoir ce fat à ma discrétion et lui dis sans ménagement ce qu'il fallait penser de ses collègues du Continent : de grands incapables tracassiers, redondants, gaspilleurs de sottise — même de sottise il faut être économe — et de formulaires inutiles qu'on retrouvait aux latrines, découpés en carrés, une heure après les avoir remplis. Pendant que je lui lâchais ma bordée je l'observais du coin de l'œil. Sa tête dodelinait : tout épris de lui-même il n'écoutait absolument pas. Seul le mot *douanier* lui était parvenu.

« Vous avez parfaitement raison, me dit-il, vraiment d'excellents garçons. Ici vous verrez c'est encore mieux : tous propres, bien nourris, déférents. »

La modestie l'empêchait de se citer en exemple mais je ne connaissais pas ma chance d'être tombé sur une personne de sa qualité. Et pour mon premier jour dans l'Île ! Il était proprement éberlué de ma bonne fortune. M'avait-on dit que j'étais né coiffé ? Au poste de Negombo qu'il partageait avec les familles de ses collègues, sa femme — « une beauté » précisa-t-il en passant — me préparerait un curry dont je me souviendrais dussé-je vivre cent ans. Son anglais était comme lui, pompeux, dilaté, circonférent. Je le remerciai de sa munificence. J'ajoutai que si j'aimais le curry, celui du Sud était un peu trop pimenté pour mon palais. Déclaration qui connut le même sort que la précédente.

« Le curry le plus fort que vous aurez jamais mangé ! » Conclusion accompagnée d'un rire d'ogre et d'une forte claque sur ma cuisse. Puis il se mit à chantonner comme une bouilloire, tout étourdi d'être si bon prince. J'espérai un instant qu'il allait s'envoler.

Le pays avait changé. La route n'était plus qu'une tranchée profonde entre deux murs de jungle verte que le vol rectiligne des perruches coupait comme des traits d'arbalètes. Je faisais paresseusement zigzaguer la voiture entre des crottins d'éléphants frais et fumants de la taille d'une bonne ruche. Je me demandai soudain si avec toute son enflure mon passager pourrait en faire autant, l'imaginai accroupi sur la route, le front plissé par l'effort et me mis à rire tout seul tandis qu'il me considérait d'un œil perplexe et soupçonneux.

Negombo, fin d'après-midi

Bungalows clairs, légers, clairsemés. Toits de tuiles vernies. Petites églises baroques décaties sous le haut plumet des cocotiers. Sur le front de mer, une dentelle de canaux entourait un vieux fort en étoile dont les glacis couleur de cuir brillaient dans une lumière cannelle. Cris d'enfants excités, invisibles et, dans le ciel pâle, trois cerf-volants intermittents comme des taches rétiniennes qui vous tiraient tout ça vers le haut.

Le poste était une vaste paillote bossue, culottée comme une pipe, à moitié construite sur pilotis au bord d'un lagon coralien.

L'épouse du douanier : une petite créature opiniâtre et volubile, solidement campée sur ses talons, l'air prêt à en découdre. Son aplomb à lui s'était évaporé lorsqu'il s'agit de me présenter. Elle se mit aussitôt à l'agonir dans un tamoul véhément sans que je puisse démêler qui, de l'espadon ou de moi, la mettait dans un tel courroux. Les deux sans doute : elle me toisait avec une moue contrariée, l'air de se dire « encore une trouvaille de mon nigaud ». Il n'en menait pas large ; les deux pouces qu'il avait enfoncés dans son ceinturon comme d'Artagnan lui donnaient à peine une contenance. Je le soupçonne de m'avoir fait passer pour un pique-assiette dont il n'avait pu se défaire. Peu m'importait ; sa déconfiture faisait plaisir à voir et le rire me reprit. Lorsqu'elle s'avisa que nous étions deux à nous amuser de lui, et que je guignais un peu dans son corsage, la petite femme changea brusquement d'attitude et m'invita avec un sourire très gracieux pour le souper et pour la nuit. Son

21

curry était bien tel qu'on me l'avait promis. Suis sorti de table le gosier embrasé, les naseaux vomissant des flammes, les tempes bourdonnantes. Débarbouillé sur un seau cabossé dans la ronde vertigineuse des cancrelats, puis la petite femme m'a conduit jusqu'à mon lit, un grand rocking-chair de rotin sur la galerie qui dominait la baie, où je n'ai eu qu'à étendre mon sac.

La nuit était royale ; la mer étale et silencieuse. À quelques pas de moi, perché sur l'angle de la balustrade, un paon dormait la tête sous l'aile. De temps en temps un frisson parcourait son plumage de la tête aux ocelles comme s'il était aux prises avec un mauvais rêve. Dans mon dos la chambrée était plus bruyante qu'une volière. Le douanier et ses collègues jouaient aux dominos, à la lumière du pétrole, sans ménager les petits verres. La compagnie commençait à chasser sur ses ancres et des rires puérils et stridents saluaient chaque double-six. Quand l'un des joueurs se levait pour aller soulager sa vessie je voyais une ombre immense tituber devant moi sur la galerie. La fièvre — vaccins de la veille ou retour de malaria — et la danse des lucioles au-dessus de ma tête me donnaient le tournis. Un de ces instants où la fatigue retire au voyageur toutes ses raisons. Je battais un peu la campagne à me demander ce que je pouvais bien faire ici. Ce paon aussi, je le regardais, flairant je ne sais quelle supercherie. Malgré sa roue et son cri intolérable, le paon n'a aucune réalité. Plutôt qu'un animal, c'est un motif inventé par la miniature mogole et repris par les décorateurs 1900. Même à l'état sauvage — j'en avais vu des troupes entières sur les routes du Dekkan — il n'est pas crédible. Son vol lourd et rasant est un désastre. On a toujours l'impression qu'il est sur le point de s'empaler. À plein régime il s'élève à peine à hauteur de poitrine comme s'il ne pouvait pas quitter cette nature dans laquelle il s'est fourvoyé. On sent bien que sa véritable destinée est de couronner des pâtés géants d'où s'échappent des nains joueurs de vielle, en bonnets à grelots. Je mourrai sans comprendre que Linné l'ait admis dans sa classification…

Dans mon dos, la lampe avait été soufflée. Un ronflement puissant et régulier, mêlé de relents de curry, montait vers les étoiles. J'étais heureux d'être seul, j'avais besoin de me reprendre. J'étais plus dépaysé que je ne l'avais été de longtemps. Pendant deux ans la «continuité continentale» m'avait servi de fil rouge. Les paysages, les trognes, les accents, la taille des oignons et l'odeur des galettes n'avaient jamais changé sans crier gare. Ces mille détails qui font la «façon» d'un pays, égrenés le long de la route, composaient une leçon discrète, murmurée, cohérente que je m'étais répétée cent fois, à l'envers et à l'endroit. Les verts pâles et les bruns de la carte réconciliaient le rêve et la pédagogie. Où irons-nous demain ? Je m'étais attaché à cette école sans mensonges et, sans les interdits de la politique, j'aurais continué vers l'Est par la Birmanie et le Sud chinois. Hier j'avais quitté la géographie dépliée et le grand poumon de l'Inde. Ce soir j'étais dans une île. Je n'avais pas l'expérience des îles qui posent et résolvent les problèmes à leur façon. Ce qu'on apporte dans une île est sujet à métamorphoses. Une île est comme un doigt posé sur une bouche invisible et l'on sait depuis Ulysse que le temps n'y passe pas comme ailleurs. Veiller à ne pas rester coincé ici comme une cartouche dans un canon rouillé. Embarquer la voiture jusqu'à Penang ou Singapour me coûterait une fortune et je ne savais pas encore de quoi ma vie serait faite ici. Nous étions en mars. J'avais passé le dernier Noël à la lanterne sourde à côté de la voiture, sur la route de Shivpuri, entouré de petits singes gris et effrontés qui venaient tirer les pans de ma chemise. Je me demandais où je passerais le suivant. Le grincement du rocking-chair m'empêchait de trouver le sommeil. Le curry m'avait mis le ventre en feu et la petite femme ne m'avait pas rejoint, comme un pied osseux et brûlant qui m'avait martelé la jambe tout au long du repas le laissait espérer. Je me répétais la comptine de « Chantefable »

Le brochet
fait des projets
j'irai voir dit-il
le Gange et le Nil
et le Yang-tse-kiang...

et juste avant de m'endormir cet autre vers de Desnos me revint : *le château se ferme et devient prison.*

III

Galle

Il a eu beau me répéter de poste restante en poste restante qu'ils sont heureux ici, j'ai tout de même vu cette écriture si familière s'exalter en se dégradant. Elle est fébrile, inégale, comme dilatée par la chaleur. Elle suggère un foie qui tire et un esprit soucieux. La lettre que j'ai bien dû relire vingt fois est une feuille de papier-toilette avec un méchant filigrane et un plan. Elle dit : « Tu viens de là, du Nord (depuis la Bactriane, cela fait plusieurs mois que je viens de là, du Nord), tu suis le pointillé, tu entres dans l'enceinte, tu suis le pointillé. » Suivons. Au haut du croquis on lisait :

DESCENTE

Elle est insignifiante : juste de quoi mettre le moteur au point mort pour mieux ouvrir l'œil et mieux dresser l'oreille. Faire durer le plaisir ; voilà des mois que j'essaie d'imaginer ce séjour et ce lieu.

GARE

On ne voit qu'un toit de tuiles coquelicot, un haut bouquet de cocotiers, trois paraphes de fumée.

PETITE RIVIÈRE

C'est un canal d'eau morte entre deux berges de terre noire et friable où des milliers de crabes dressés devant leur trou balaient l'air de leur pince droite dans un geste racoleur et douteux. Me renseigner là-dessus.

GRAND ESPACE DE GAZON

Qui sert de terrain de football et borde les glacis d'un fort à la Vauban. Au milieu, un zébu couché, tout l'arrière-train immobilisé par un plâtre crotté, qui tousse à se déchirer les bronches sous un soleil de plomb. Il a renversé son seau d'eau et n'a plus rien à boire. À droite, longeant la côte vers le Sud, un petit marché et une bourgade de paillotes sans ordonnance ni conséquence fument dans la chaleur.

Disons plutôt une imposante poterne sommée
d'un écusson de pierre où s'affrontent deux
licornes bataves rongées par le sel marin.

GROS HÔTEL BRIQUE
À L'INTÉRIEUR DU FORT

Une vaste bonbonnière victorienne rose, décatie, fantomatique avec ses serveurs en jupe
blanche plus grêles que des haricots, ses ventila-
teurs d'acajou qui brassent un rêve défunt. Aller
rêver là-bas moi aussi quand j'aurai regarni mon
gousset.

Ensuite on lit (là, l'écriture est carrément
mauvaise) :

LONGS BÂTIMENTS À PORCHES

Qui sont les entrepôts désaffectés de l'ancienne « Oost Indische Companiee » où l'on sto-
ckait l'écaille de tortue, la citronnelle et l'indigo.
Une douzaine de chevrettes noires et quelques
gamins efflanqués mistonnent, se coursent et
s'époumonent dans ces gravats.

Oui, d'une herbe grosse, coupante, vulgaire.
De là on voit les ruelles du Fort, étroites, aux crépis couleur majolique, blotties sous une église
baroque.

GUEST HOUSE, 22 HOSPITAL STREET,
CHEZ NOUS

Sur le plan, un rectangle fortement hachuré.
Un point d'exclamation. L'auberge fait face à un
banian immense, à un phare d'une blancheur
éblouissante et à la mer qui descend d'un trait
vers le Pôle Sud sans plus piper mot.

Ils sont dans l'Île depuis quelques mois, logés
ici depuis quelques semaines et s'y sont mariés
voici dix jours. Ce «chez nous» me ferait pleurer. Paul et Virginie.

J'ai coupé le moteur, tapoté le klaxon et l'aubergiste est sorti sur la porte comme un grillon
au bord de son trou. Il avait défait son chignon
pour brosser une chevelure noire et bouclée qui
lui descendait jusqu'aux reins. Derrière cette
ruisselante crinière de démon, je vois un petit
visage pudique, gonflé de sommeil et deux yeux
noirs liquides qui m'observent attentivement.
Avec son sarong étroitement drapé, tout à fait
l'air d'une vierge martyre sur un retable flamand

passé à la suie. Encore quelques coups, puis il a planté la brosse dans sa ceinture, a joint les mains à la façon indienne et s'est incliné en murmurant « such a fearless gentleman ». Mes amis — d'ailleurs où sont-ils ? — ont dû un peu forcer sur le picaresque et l'aventure. Maladie mise à part, ce voyage était un plaisir.

Pour précis qu'il soit, leur plan n'est pas complet. Dans « l'espace herbu » vous trouverez un terrible petit hôpital rougi de crachats de bétel et d'où monte, même aux heures de sieste et de torpeur, une plainte continuelle. Malaria, pian, bilharziose, amibiase, yeux injectés et carcasses tremblantes. Il est annoncé par un écriteau dont le poteau tordu porte l'inscription « Zone de silence ». Que j'avais enregistré en passant, sans plus, tout étourdi par ce que je puis bien aujourd'hui appeler ma jeunesse. Dans la géographie comme dans la vie il peut arriver au rôdeur imprudent de tomber dans une zone de silence, dans un de ces calmes plats où les voiles qui pendent condamnent un équipage entier à la démence ou au scorbut. Il est plus rare qu'on prenne la peine de l'en avertir.

IV

La cent dix-septième chambre

J'ai repris ce matin celle de mes amis. Ils ont passé trois mois ici à peindre dans l'amour neuf, les couleurs folles et les rires, ont exposé à la capitale dans l'indifférence et la torpeur, ont regagné l'Europe, étrillés par le climat, pour aller mettre au sec dans nos sourds cantons de belle herbe les trésors polychromes récoltés ici. Avant qu'ils ne pourrissent. Sont partis amaigris, l'œil strié de jaune, les nerfs à bout. Ils m'ont laissé comme viatique :

— Une petite toile où un paquebot fout le camp en balançant une poupe maternelle et des cheminées fortement cerclées de noir et de terre de Sienne, telles qu'on en verra tant qu'un enfant pourra tenir un crayon de couleur.

— Trois numéros de « Paris-Match » et un régime de bananes encore vertes accroché au mur

33

par un clou assez fort et carré pour être ce quatrième clou de la Croix que certains se flattent d'avoir trouvé.

— Une carte historiée de leurs baignades avec tortues géantes, sirènes, dauphins, à rendre Flint et Morgan jaloux.

— Une liste d'adresses, de relations, de copains prometteurs (?) : des noms interminables où les W bombinent comme des guêpes et derrière lesquels il semble bien qu'il n'y ait eu que du vent. Trop souvent ici, entre le plaire et le faire, le climat — ou la pauvreté — s'interpose et gagne.

— Un réchaud Primus et une lampe à pétrole dont la compacité et le profil trapu sont un véritable bienfait.

Comme leur compagnie va me manquer. Dieu les bénisse !

Je peux compléter ce matin le plan qui m'avait conduit jusqu'à cette auberge voici quelques semaines.

Vous traversez la véranda que le vent du large saupoudre de sable fin. Vous montez à droite l'escalier de bois en colimaçon. Il a cinq marches ; la dernière craque et je sais que vivant ici je ne l'entendrai pas souvent craquer. C'est là, c'est désormais là.

« Avez-vous une chambre bon marché ma belle ?
Elle vous coûtera moins que le soleil mon ami !
Des punaises ?
Quantité de punaises, Dieu soit loué ! »

Dylan Thomas

La chambre coûte une roupie par jour. Le soleil ne coûte rien : il l'allume, il s'y promène, il y fait naufrage dans des murs crépis d'un outre-mer indicible que l'humidité festonne de taches plus sombres. Quant à notre médiocre punaise-des-lits *(Cimex lectularius)*, la nature ne l'a pas suffisamment armée pour affronter ce qui l'attend ici. « Dieu soit loué ! »

Huit pas de long, quatre de large. Un plancher patiné jusqu'au noir. Les poutres enfumées qui disparaissent dans l'obscurité du toit font penser à une carène renversée ou aux cintres d'un modeste théâtre incendié. Un balcon sous un auvent de tuiles vernies d'où l'on voit la cour intérieure avec son puits, l'échine d'un toit, la bascule lente et si préoccupante de l'horizon marin.

Le lit est un cadre de bois tendu de cordes. Une table à tiroir, une chaise, une étagère surmontée d'un Bouddha haut comme la main dont le visage attentif est à moitié rongé. C'est tout. C'est propre, solennel, énigmatique et me

35

paraît parfaitement convenir au peu dont ma vie sera faite ici.

S'installer dans une chambre pour une semaine, un mois, un an, est un acte rituel dont beaucoup de choses vont dépendre et dont il ne faut pas s'acquitter avec un esprit brouillon. Ne pas engorger une frugalité qui est salubre, limiter ses interventions, surtout ne pas bousculer les rapports de tons. Dans une chambre digne de ce nom, les couleurs ont pris le temps de s'expliquer, de parvenir par usure et compassion réciproque à un dialogue souhaité et fructueux. Ici ce bleu et ce noir ont abouti à quelque chose qui ne doit rien au hasard. J'ai défait mon mince bagage sur la pointe des pieds. Étendu sur le lit mon sac dont le lavande passé fait merveille. Dans le coin le plus sombre, là où l'escalier débouche, j'ai posé la guitare qui donne à cette composition une touche de gaîté havane clair et cubiste. Punaisé au-dessus de la table une grande rame de papier blanc : j'aime bien gribouiller debout avec un crayon à grosse mine quand une idée m'attrape à la surprise. Enlevé le paquebot qui navigue dans la mauvaise direction et mis à sa place la photo du Christ goanais déchiré voilà longtemps dans un magazine culturel indien. Les épines sont longues comme le pouce ; il est tout noir de sang, de doutes et de soucis, juste avant « l'Elié Sabacthani ». Un peu de tragique catholico-lusitanien n'est pas de trop : j'ai besoin de protections et ce petit Bouddha roublard ne peut pas se charger de toutes les besognes. L'ampoule nue au bout de son fil n'a pas plus d'éclat qu'une mangue mûre et oscille misérablement. Pour l'enjuponner, j'ai acheté au Bazar un lampion — laissé pour compte du Nouvel-An boud-dhique — en forme de paon. À mon retour, j'ai trouvé sur l'étagère un crabe rose comme une joue, fourvoyé loin du cocotier ou de l'égout natal, qui me saluait frénétiquement de sa grosse pince. Je l'ai posé au haut de l'escalier qu'il a des-cendu en zigzag sans cesser de gesticuler comme si c'en était vraiment trop.

J'écris maintenant sous ce volatile bleu au plastron rayé de jaune qui n'éclaire que lui-même. À la lumière du pétrole. Un pot de thé noir à mon coude. Parfaitement installé pour m'échiner gaiement en attendant que la santé revienne. J'ai trois mois d'argent et la vie devant moi. C'est à moi de lui faire des offres. Je puis commencer mon inventaire du monde n'im-porte où et n'importe quand. La musique bos-niaque ou le Grand Mogol, Gobineau ou les guêpes de Kandahar, les tulipes sauvages du printemps kurde ou Montaigne. J'ai tout ce fou-toir vidéo-culturel à réduire par alchimie dans cet incubateur.

Pourquoi pas commencer par Montaigne : j'ai besoin de familiers pour équilibrer tout ce qui m'échappe encore ici. Tirons-le un peu vers ces

Indes orientales dont il ne s'est jamais préoccupé, tout soucieux qu'il était des méfaits
espagnols aux Amériques et du misérable Moc-
tezuma. Rappelons-lui cette mère juive portu-
gaise qu'il efface et dont la famille a dû tremper
jusqu'au cou dans l'Insulinde, le girofle et la
traffique. Le voilà croquant des grains de
coriandre, le pourpoint taché de curry, les joues
creusées par la fièvre jaune. Que n'aurait-il
pas écrit sur les abominations d'Albuquerque,
nourri à la becquée par sa concubine indienne
dans le vacarme d'une marmaille olivâtre ! C'est
en outre un homme universel par la gaieté
irréductible qui sous-tend tous les propos désa-
busés qu'il a pu tenir. Pas une page où on ne
le surprenne en train de se moquer. J'ai sorti
de ma valise la première traduction anglaise
des «Essais» par Floriot (1610) et un diction-
naire de poche plus solide qu'une bible mais
dont l'humidité a gauchi la reliure. Il s'ouvre
de lui-même sur les deux mêmes pages et
deux mots — en haut à gauche, là où l'œil
attaque — que j'ai appris malgré moi et que
je n'aurai sans doute jamais l'occasion d'em-
ployer.

p. 246.
BREAD-POULTICE Un cataplasme à la mie de
pain dont le souvenir a dû se perdre avant la
mort de Dickens.

p. 342.
HOLLYHOCKS Roses trémières ou passe-roses.

Voilà qui est fait !

À en croire la préface, ce Floriot — philologue florentin de haut savoir, émigré en Angleterre — n'était guère considéré par ses collègues. Débuts de la morgue oxfordienne. Ils le tenaient pour un rasta calamistré et répondaient sans doute à ses questions par de simples raclements de gorge. Peu m'importe, il me plaît tel qu'il a été, surtout sous cette forte couverture de toile « Murray and sons » attaquée par la moisissure. Son anglais est vert comme l'aubépine et les deux langues alors bien plus chaudes et cousines qu'elles ne le sont aujourd'hui. Se moquant des philosophes. « Will they not seek the quadrature of the circle even upon their wives ! » (Chercheront-ils pas la quadrature du cercle même juchés sur leur femme.)

Je me suis mis au travail, une flaque de sueur sous chaque coude, en sachant bien que je trichais, que j'avais peur, que je m'attachais au mât comme Ulysse. Il s'agit d'autre chose ici. La nuit regorgeait de lenteur et d'un silence interrompu seulement par le bref galop des chèvres qui tondent les bastions, ou le bourdonnement de je ne sais quelle beste dans ma toiture. Pour me donner du cœur et garnir un peu mon carquois j'ai fait le compte des chambres où je suis passé depuis mon départ. C'est la cent dix-septième. La prochaine risque d'attendre longtemps son tour. Il faut bien s'arrêter de temps en temps pour apprendre à faire sa musique, faire un peu chanter ses élytres, non ?

V

La Capitale

Avant nos comptoirs, nos rapines, nos vaisseaux de haut bord qui ont fait ce port et cette ville, il n'y avait ici qu'une bourgade d'acrobatiques cueilleurs de noix de coco, de pêcheurs lancés dans le ciel par l'écume, et de colporteurs de cannelle sous la houlette d'un Ministre de l'Église de Hollande qui portait perruque et se soignait sans doute au mercure. Les vieilles chroniques ne la citent pas. Aucun Saint jamais ne s'est retourné sur elle. Aucun Génie digne de mention n'en a fait sa tanière. C'est donc à peine un lieu : seuls les lourds navires à l'ancre et les sirènes des remorqueurs qui se faufilent aussi bas que le silence entre les pyramides de pastèques et de mangues dont l'odeur entête, lui donnent un peu de nostalgie et de réalité. Vous pourriez la faire disparaître en soufflant dessus sans que personne — en tout cas pas moi — y trouve à redire. Resteraient au sol quelques mesquines églises, dagobas en forme d'œuf de vautour, éléphants coltineurs de souches avec leur air de bétail frustré et d'on ne m'y reprendra plus, et les édifices de l'ancien ordre colonial : tribunal, banques, octroi.

C'est pourtant la capitale, où j'ai jusqu'à présent échoué dans mes démarches : l'Ambassade du Japon est fermée pour une «Fête des fleurs», les «Messageries» n'ont pas de passage vers l'Est avant l'automne et les journalistes que je souhaitais voir ne sont pas venus aux rendez-vous qu'ils m'avaient donnés. Notre nouveau consul — il vient d'arriver de Hong-Kong — sur lequel je comptais un peu s'est fait renverser par un taxi le jour de son entrée en fonctions. Lui ai rendu visite à l'hôpital. Fractures multiples. Il était enveloppé de bandelettes comme un pharaon momifié, naviguait à la morphine en rêvant retraite anticipée, et m'a tenu des propos incohérents sur l'ingratitude de Berne et les champignons du Nord vaudois.

Mon minable hôtel est bien trop cher pour ce qu'il m'offre. De ma mansarde, je vois les toits de tuiles vernies et d'immenses frondaisons gorgées d'eau moutonner contre le ciel bas. De sottes corneilles y jouent aux quatre coins dans un ramage continuel. Boys langoureux et arrogants. Longs corridors luisant d'encaustique. Sombres fainéants immobiles devant leur bol de thé tandis qu'une famille de mouches s'affaire à passer de leurs lèvres à leurs sourcils. Le lavabo hoquète sur un filet d'eau rougie; et la moitié des clients n'ont pas l'usage des toilettes «à l'occidentale»: ils se soulagent au hasard, accroupis sur la cuvette et s'éloignent dignement, convaincus qu'un hors-castes n'attend que leur départ pour s'occuper de «ça». Ils se trompent: les traces de leur passage se dressent en couronne sur la lunette et lui donnent l'allure d'une mâchoire pour «Farces et attrapes». J'aurais été mieux avisé de dormir sous un arbre mais cette fois le cœur m'a manqué, je n'ai pas le courage de descendre plus bas ni les moyens de loger plus haut. Toute ville doit pourtant avoir sa leçon mais je ne comprends rien à celle qu'on me chante ici. Je ne trouve en moi que dépit et, pour la première fois depuis longtemps, peur du lendemain. Je ne sais comment conjurer ces interlocuteurs qui se dérobent, ces portes qui se ferment, cette capitale absente dans son odeur brûlée, ni comment faire face à tant de vide avec le peu que je suis devenu.

Mésalliance française

«Non, mon pauvre Monsieur, pas une miette...» Il niche brusquement le menton dans l'épaule, comme un pinson, et me regarde de côté. Ses yeux sont ronds, couleur noisette. Sa voix perchée. C'est le responsable de l'Alliance française auquel je viens d'offrir mes services pour parler des pays ou des écrivains que j'aime. Un vieil adolescent très chic dans sa chemise poches multiples et son pantalon à damiers noirs et blancs. Mon pays ne fait ici que du négoce ; le français est ma langue maternelle, ma démarche me paraît tout à fait justifiée. Elle est pourtant mal accueillie parce que deux frangins trimardeurs qui ont fait chez lui le mois dernier une conférence sur le Mexique ont décampé sans crier gare en laissant à leur hôtel une ardoise que le directeur a dû payer et qui a entièrement vidé sa caisse. Il a eu du mal à faire avaler cette histoire à Paris. Il a fri-sé-le-li-mo-geage. Le pauvret est encore tout chiffonné par cette indélicatesse et ce n'est pas demain qu'on l'y reprendra. Il avale les joues en parlant et rejette parfois brusquement le poignet en arrière comme pour faire remonter une invisible manchette de dentelle. Que beaucoup de choses ici me soient invisibles, je n'ai aucune peine à m'en persuader. Ce qui cependant m'apparaît clairement c'est que je suis mal parti. Par une persienne décrochée le soleil me donne droit dans l'œil, j'ai des faiblesses d'ivrogne aux jambes et la bile me remonte à la gorge. En outre, à en croire son babil, le directeur déteste les voyageurs de mon espèce, fait peu de cas de Stendhal, Gobineau, Léautaud et autres compagnons, et ne

44

place rien au-dessus de la séraphique Madame de Sévigné.

«On ne me donne même plus de quoi faire réparer ma machine», ajoute-t-il d'une voix stridente en envoyant lestement le chariot contre la butée qui tinte dans l'air mou. «Pauvre Monsieur» ne me plaît qu'à moitié : je ne suis pas né d'un nid de courtilières et ce que je propose, c'est du travail. Ces deux frères écornifleurs ont beau m'avoir coupé l'herbe sous les pieds, ils ont toute mon estime. Si je les retrouve plus loin — j'aurais avantage à les précéder — nous ferons de ce futile une poupée de pattes pour y planter des épingles. Pour l'instant, je n'ai plus le cœur de lui vendre ma marchandise. D'ailleurs, à regarder cet enculturé, ces commentaires, gloses et véroniques autour d'écrivains disparus m'apparaissent soudain comme une besogne subalterne et même un peu suspecte. Plutôt que de m'accrocher à ces lambeaux d'Europe, à ces minauderies académiques, mieux vaudrait retourner bravement dans ma fournaise, ouvrir l'œil pour rendre justice aux choses, dresser l'oreille pour déchiffrer la musique qui seule les fait tenir ensemble, et me mettre à l'établi. Tout de même la déception me noue l'estomac : j'espérais bien me faire quelques sous et quelques amis dans cette institution, et partir une brassée de livres sous le bras. Mais pas question d'emmener ses précieux bouquins dans ma lointaine retraite : il tient sa revanche, il est ca-té-go-ri-que.

«Non, cher Monsieur, pas le plus petit morceau…»

«De mouche» (J'ai aussi lu La Fontaine).

«Ou de vermisseau» a-t-il conclu avec un frais fou rire de jeune fille, puis il m'a planté là pour s'en aller déjeuner d'un pas dansant. Moi qui, en me débarbouillant ce matin, m'imaginais déjà attablé avec lui à tartariner devant du vin bouché. Je n'ai pas l'intention de le revoir. Mon éducation huguenote qui vaut presque une hémiplégie m'interdit hélas la filouterie d'auberge, mais il n'est pas défendu d'être malade, encore qu'il soit peu recommandé d'en parler. Je me suis civilement enfoncé deux doigts dans la gorge, pauvre Monsieur, et ai vomi sur sa moquette avant de me retrouver dans la rue. La rue torride, bruyante, indiscrète, transitoire, dont je ne savais trop que faire, ni où elle menait. Quartier des pierreries. Ici et là, derrière les sourires qui barrent le seuil des lapidaires, derrière leurs minuscules balances, les rubis œil-de-chat, topazes, pierres de lune emmaillotées de papier de soie dorment, rutilent et fulgurent en secret. Ces gemmes qui ont patiemment mûri leur beauté dans le noir sont une leçon de permanence et de lenteur. La transparence et l'éclat par l'usure. Elles ancrent cette capitale inconsistante dans un temps linéaire et lui donnent juste assez de réalité pour que le Parlement puisse y siéger sans disparaître. Me suis laissé flotter dans le soir qui tombait jusqu'au quartier de la presse pour voir ce que la meilleure librairie de la ville pouvait m'offrir en français : «La cousine Bette», les «Discours de Jaurès» et — mystères de la friperie intellectuelle — Brillat-Savarin. Dans une île où le piment a tué tous les autres goûts avant que Notre Seigneur enfant ne s'amuse entre copeaux et varlopes. Pas de quoi faire des nuits blanches. Mais plus loin, à l'éventaire d'un brocanteur, je suis tombé sur «Insect life of India» par G. Th. Leffroy (DSO, VC) Calcutta 1907. Encore un colonel en retraite ; il a dû gagner ses médailles à Khartoum avant d'épingler des papillons. Un fort volume toilé qui a dû passer entre bien des mains et sous quelques pousse-pousse avant d'échouer ici. La reliure a tenu, les coutures sont bonnes, il est complet du titre à la table des matières. Au train où vont les choses et, comme je sens que mon séjour ici va se prolonger, j'aurai plus souvent à faire aux insectes qu'aux hommes. C'est cette vieille phototypie qui donnait des résultats exquis à Leipzig ou à Genève, mais que les imprimeurs du Bengale ne semblaient pas avoir parfaitement maîtrisée. Les clichés sont un peu brouillés mais lisibles. Vous ouvrez au hasard : c'est un grand coléoptère de dos, donc en redingote, dressé sur ses pattes

47

arrière, qui pousse quelque chose devant lui.
Quoi ? l'image miroite sous la lampe acétylène.
Dans le texte en page de gauche vous pouvez lire
«They happen to fly at rains». Je relève avec
plaisir que G. Th. Leffroy n'est pas, lui, caté-
gorique. Il répugne à trancher et laisse à ces
insectes l'entier exercice de leur libre arbitre.
Qu'ils volent donc sous la pluie quand le cœur
leur en dit. Vivrons-nous pour comprendre ?
Shall we ever meet again ? Cette interrogation
continuellement suspendue est superbe, proprement anglaise, et rend compte de cette existence
dont si souvent le sens nous est dérobé. À cause
de cette «stupidité» consentie et si ouverte, les
Anglais ont pu piller l'Inde à leur aise, l'aimer
jusqu'à la déraison, s'en faire chasser par
Gandhi pour des motifs où la logique n'entrait
pour rien, y être aujourd'hui tenus en grande
estime. J'ai acheté Leffroy pour trois roupies et
suis reparti bien lesté par ce gros volume qui m'a
l'air écrit pour moi. Les Gaulois nous ont rossés
à plus d'une reprise sans nous enseigner grand-
chose ; les Romains nous ont rossés et laissé
quelques tessons, bains publics et bornes mil-
liaires, mais ce sont des Celtes irlandais qui ont
appris aux ours que nous sommes à nous signer
debout, prier, chanter des neumes, orner des
manuscrits où le Monde apparaît comme un
enchantement.

J'ai clopiné longtemps dans les rues éteintes

par peur de me retrouver dans mon misérable hôtel. Les derniers troquets chinois baissaient à grand fracas leurs rideaux de fer couverts d'idéogrammes éclaboussés. Des rats filaient entre les épluchures et la lune volait à pleines voiles sur les feuillages sombres et brillants. Il faisait aussi chaud qu'en plein jour.

Madame de Sévigné... ? Quel cul !

Le dispensaire

Avant-hier matin comme je mangeais mon pain je me suis aperçu que c'était lui qui me mangeait la bouche. Le sang cognait dans les gencives enflées en dessinant la bordure de chaque dent, le parcours de chaque nerf comme dans une esquisse vésalienne. Forte fièvre et vomissements continuels. Pour tirer quand même parti de cette capitale où je n'ai rien pu mener à terme, je suis allé me faire examiner le sang, les poumons, et arracher deux molaires perdues dans un dispensaire — soins gratuits — de la banlieue nord. Haute villa aveugle et décatie dans un jardin dont la nature reprenait possession en douceur. Trouvé là-bas deux médecins, deux infirmières, trois douzaines de croquants hilares rongés de maux divers qui me paraissaient bien résolus à terminer leur vie ici où la nourriture est suffisante, la compagnie assurée et où ils sont soulagés sinon guéris. Petite cour des miracles qui, après un instant de stupeur, m'a fait fête comme si l'arrivée d'un sahib occidental garantissait la qualité des soins qu'ils reçoivent ici. Pas l'ombre d'une formalité, une routine accueillante. En fin d'après-midi, les radios prises dans la journée sont passées dans un vétuste épidiascope et projetées sur un drap pour notre édification. Poumons mités, bronches d'étoupe, échines mangées d'ostéoporose. Nous étions tous là à jouir du spectacle, à voir défiler fressures et anatomies ravagées avec des «oh!» des «ahh!» des «chut!», excités et rigolards comme au cinéma. Nous sommes loin du centre et les distractions ne sont pas si nombreuses. Quand sont apparues mes vraies pompes à air de riche, à peine ombrées et entamées, ça a presque été l'ovation. Comme si j'avais marqué un but en solitaire. Tous ces souffreteux se réjouissaient en somme de me voir si bien équipé pour leur survivre. C'est le moment que j'ai choisi, en plein triomphe, dans les compliments et les bourrades, pour m'évanouir comme une Diva étourdie par les fleurs… Revenu à moi, déjà bordé dans un lit propre, un visage sombre et préoccupé, peau à larges pores, penché sur le mien. Stéthoscope, lunettes à double foyer dans lesquelles l'image de la chambre me parvenait inversée portée sur une sorte de houle. Entendu une voix qui disait, chaque syllabe détachée comme des sous tintant dans la poche «Ne-ver-think-you-are-a-lone», puis parler typhoïde avec un collègue égaré hors de mon champ visuel, et de me garder un peu ici. Il se trompe, j'ai fait mes vaccins et serai sur pied plus tôt qu'il ne le pense. Mais deux jours dans des draps frais seront les bienvenus. Vu une blatte courir sur le col défraîchi du docteur, palper l'air de ses antennes comme pour me demander conseil, plonger dans l'échancrure de la blouse, et suis retombé paisiblement dans le noir.

Le toubib n'avait pas menti : aucun risque d'être seul ici. J'ai toujours un va-et-vient de tousseux et d'édentés autour de mon lit. Des commères aux flancs larges comme des barcasses, les yeux ternis de trachome, m'essuient le front avec leur mouchoir. Un vieillard me fourre en tremblant dans la bouche la chique de bétel qu'il vient à peine de commencer. D'autres se contentent de s'asseoir sur leurs talons et de sourire. À travers l'ouate de la fièvre, je vois ces vieux visages ahuris s'allumer comme des gares. Compassion de gens qui n'ont plus rien à perdre et dont je fais en hâte provision. Tout de même cet essaim de sollicitude — ils m'accompagnent jusqu'aux toilettes — fatigue. Quand elle veut me faire une piqûre ou quand elle juge que c'en est trop, l'infirmière chasse mon escorte comme des mouches. Ils se débandent alors en clopinant et en pouffant. Cette déroute qui me fait rire m'a fait aussi penser — éclair de nostalgie

51

burgonde — à une famille de bolets bouffés par les limaces.

Mon voisin de lit est le seul à ne pas participer à l'allégresse générale. C'est un astrologue du Sud de l'Île, donc presque de chez moi, qui parle un anglais châtié, considère sa présence ici comme une déchéance et ne manque aucune occasion de nous le faire sentir.

Il était spécialisé dans les horoscopes de chevaux de course (on joue ici encore plus que dans ma ville) qu'il vendait, de mèche avec les bookmakers, à des parieurs toujours échaudés. Il avait négligé de faire le sien : avant-hier, le sabot d'une jument vicieuse lui a défoncé le thorax. Cette ruade qui n'était pas inscrite dans les étoiles lui laisse juste quelques heures à vivre. Comme les chevaux ne viennent pas aux heures de visite, il est d'avis que je lui vole sa mort en tenant ainsi la vedette, voudrait bien aussi un peu de compagnie et que quelqu'un lui ferme les yeux. Ce qui est naturel. L'infirmière l'a fait cette nuit.

Aujourd'hui on rase gratis

« You most certainly got God knows what nasty bug » m'a dit le docteur en me pompant cérémonieusement la main. Les banians immenses qui entourent sa bénéfique institution bou-

52

geaient faiblement contre un ciel gris chargé comme une éponge. Ce diagnostic, comme les soins reçus ici, était heureusement gratuit. Plus que le calcium ou l'auréomycine, c'est ce que je l'ai entendu dire en reprenant mes esprits et l'entrain presque provocant des doux moribonds qu'il héberge qui m'ont remis d'aplomb. Deux jours dans leur compagnie m'ont rendu plus léger qu'un rond de fumée.

Voyager : cent fois remettre sa tête sur le billot, cent fois aller la reprendre dans le panier à son pour la retrouver presque pareille. On espérait tout de même un miracle alors qu'il n'en faut pas attendre d'autre que cette usure et cette érosion de la vie avec laquelle nous avons rendez-vous, devant laquelle nous nous cabrons bien à tort.

J'ai rasé ce matin la barbe que je portais depuis l'Iran : le visage qui se cachait dessous a pratiquement disparu. Il est vide, poncé comme un galet, un peu écorné sur les bords. Je n'y perçois justement que cette usure, une pointe d'étonnement, une question qu'il me pose avec une politesse hallucinée et dont je ne suis pas certain de saisir le sens. Un pas vers le moins est un pas vers le mieux. Combien d'années encore pour avoir tout à fait raison de ce moi qui fait obstacle à tout ? Ulysse ne croyait pas si bien dire quand il mettait les mains en cornet pour hurler au Cyclope qu'il s'appelait « Personne ». On ne

voyage pas pour se garnir d'exotisme et d'anec-
dotes comme un sapin de Noël, mais pour que la
route vous plume, vous rince, vous essore, vous
rende comme ces serviettes élimées par les les-
sives qu'on vous tend avec un éclat de savon
dans les bordels. On s'en va loin des alibis ou des
malédictions natales, et dans chaque ballot cras-
seux coltiné dans des salles d'attente archibon-
dées, sur de petits quais de gare atterrants de
chaleur et de misère, ce qu'on voit passer c'est
son propre cercueil. Sans ce détachement et
cette transparence, comment espérer faire voir
ce qu'on a vu ? Devenir reflet, écho, courant
d'air, invité muet au petit bout de la table avant
de piper mot.

J'ai nettoyé soigneusement mon rasoir comme
si je le voyais pour la première fois et j'ai repris
la route de Galle.

VI

L'autobus

« You must adjust yourself to general stagna-
tion. »

Le ministre des transports, avril 1955

À l'époque oubliée où la piété comptait encore dans l'île, où les perruches récitaient spontanément les soutras, ce n'était pas souvent qu'on voyait un bonze emprunter un chemin. Ils se déplaçaient par magie, troussaient leur tunique, enfourchaient le vent, filaient comme des boulets rouges vers les Îles d'Or ou les Himalayas quand ils ne préféraient pas s'enfoncer sous terre avec un bruit terrifiant.

Leur scélératesse les ayant depuis longtemps privés de ces pouvoirs, ils se sont rabattus bien à contre-cœur sur les transports publics qui les font payer comme vous et moi. Qui a déjà perdu sa vertu s'accroche d'autant plus à ses privilèges. Leur dépit ne connaît pas de borne. Ainsi les hauts pontifes du Monastère de la Dent (une dent de caïman, celle du Bouddha a été volée et brûlée au XVIᵉ siècle par les mécréants portu- gais) qui a le pas sur tous les autres, ont avec le syndicat des conducteurs une vieille querelle bien grattée et envenimée dont l'autobus rose qui relie ma ville à la capitale fait trop souvent les frais. Trois fois par an au moins, on le fait sau- ter, secouant pour un bref instant une léthargie que je commence à croire trompeuse et qui rap- pelle le calme qui règne dans l'œil d'un typhon.

Il est d'ailleurs très bien ce bus, pour autant qu'on ne se laisse pas prendre à la somnolence affectée des tire-laines professionnels qui sont de tous les trajets. Tandis que les rivages célé- brés par Thomas Cook vous absorbent, votre montre s'évanouit, votre portefeuille se volati- lise, le contenu de votre gousset se transforme en fumée et parfois soi-même on s'envole car depuis quelques semaines ces jouets explosifs font fureur. Les bonzes les dissimulent dans leur robe jaune à grands plis, les déposent à l'hypo- crite dans le filet à bagage et descendent à l'arrêt suivant, l'air confit en méditations, juste avant l'apothéose.

Lorsqu'on arrive avec le bus suivant sur le lieu d'une de ces fêtes pyrotechniques il faut voir alors les valises aux tons d'ice-cream et les para- pluies à bec semés à la ronde, parfois même accrochés aux palmiers, les grands peignes à chi- gnon soufflés bien loin des têtes qui n'en auront

56

plus l'usage, et les blessés en sarong carmin, violet, cinabre, merveilleuses couleurs pour descente de Croix, alignés au bord de la route étincelante de verre pilé où deux flics les comptent et les recomptent en roulant des prunelles. Au milieu de la chaussée, une paire de lunettes rondes à montures de fer est cabrée les branches en l'air, l'air mécontent, grand insecte irascible et fragile à la recherche d'un nez envolé le Diable sait où.

VII

La zone de silence

Quand les jambes sont assez fermes, quand la tête ne bourdonne pas trop, je quitte ma chambre et vais me nourrir de thé au lait, bananes et molles tartines — dans ce climat le pain n'est pas plus valeureux que nous — à l'échoppe du *témoin*. Depuis qu'il a rempli cet office lors d'un mariage occidental mes voisins du Fort lui ont donné ce nom que j'adopte car l'autre, le vrai, dépasse quatorze syllabes et j'ai avantage à ménager mes forces si je veux un jour partir d'ici.

Porte à porte, cela me fait moins de cent mètres. C'est un troquet sombre, accueillant, plein d'une pénombre bleue qui paraît presque solide à qui vient du dehors. Vous pouvez venir vous y asseoir un instant, en silence si possible — la chaise en face de la mienne est toujours vide — et vous faire une idée par vous-même. Au plafond et aux murs, des guirlandes de papier crêpe et de vieilles chromographies du Boud-

59

dha. Au-dessus du comptoir, les photos de famille. Sur l'une d'elles on voit les hommes au chignon tiré, chapeau de brousse à la main, du temps de leur service dans l'armée de Malaisie. Sur l'autre, le témoin et sa jeune épouse sous un banian, entourés d'un fouillis de parents aux regards intenses et vides. Lui, l'air d'un échassier qu'on vient de capturer; elle, boudin noir aux nattes épaisses, la couronne d'oranger tombant bas sur les yeux bovins. Mariage chrétien : dans un coin un peu délavé du cliché on distingue un jésuite tout ratatiné d'amibiase.

Les tables sont couvertes d'une toile cirée toujours suante décorée de coquelicots que les mouches épongent avec ivresse. J'ai la mienne contre la fenêtre et sous le calendrier des courses, très souvent consulté puisque ici même les dockers à quatre-vingts roupies le mois jouent leur salaire sur des chevaux qu'ils ne verront jamais, qui mangent plus souvent qu'eux et galopent au frais bien loin d'ici dans les collines pour des jeunes élégantes en jodhpur qui se mordent la lèvre au passage de l'oxer.

N'oublions pas dans le fond de la boutique l'antique machine à sous, échouée ici après trente ans de service à Brighton et toujours entourée de quelques dégingandés aux yeux de braise. C'est la principale attraction de ce lieu où je suis si bien pour écrire, pour convoquer mes fantômes et mes ombres. D'autant mieux qu'on ne m'y dérange plus du tout. La stupeur un peu palpeuse avec laquelle on m'avait accueilli ici les premiers jours s'est déjà évaporée. Question de langue d'abord : après deux mois de séjour j'ai progressé juste assez pour pouvoir faire mes emplettes ; de sujets aussi : je ne joue pas aux courses et pour le reste mes voisins savent mieux que moi combien il en coûte ici de penser ; de prudence enfin, convaincus qu'ils sont tous que je n'ai pu venir échouer ici que contraint et exclu par les miens après quelque coquinerie bien honteuse. Nos rapports se réduisent donc à cette tolérance réciproque, hésitante et timorée. Le calme plat : je pourrais m'effondrer, le nez dans ma soucoupe sans que personne en dehors des blattes s'en avise de longtemps. Tout de même c'est beau — ces silhouettes aux hanches minces, ces couleurs qui conspirent et s'agencent dans l'ombre — ce lieu qui ne ressemble à rien de ce que j'ai connu, cette tanière d'où je prends les deux pouls de la ville, celui des hommes et celui des insectes.

Ici la vie des hommes est lente, futile, compliquée, traversée de rares éclairs de rage blanche qui se terminent ordinairement au gibet devant le Fort. Je ne sais combien de communautés — pêcheurs parias, négociants tamouls, petits rentiers cinghalais, changeurs afghans, hindous, chrétiens, bouddhistes, petits fonctionnaires occidentalisés — s'y côtoient dans le mépris sans jamais trouver le nerf d'en venir une bonne fois aux mains.

Des bonzes en tunique jaune, plus craints pour leurs maléfices que respectés pour leur vertu, viennent une ou deux fois la semaine des grands monastères des collines pour remplir leur gamelle, leur bourse, et lorgner le cheptel alangui des femelles. Cette impudence ne date pas d'hier puisque dans la plus vieille chronique de l'île, le premier mérite des « bons rois » a toujours été d'offrir des bombances à la multitude de ces écornifleurs. Toujours est-il qu'avec leurs grands parasols de tartuffes, leurs éventails de coquettes, leurs têtes rasées d'espions de police, leur cautèle, ils représentent ici « la Religion ». Un bon bouddhiste ne peut que s'en chagriner. C'est l'image même d'une révélation galvaudée, gauchie, caillée en abracadabras. Ils s'en prennent volontiers aux femmes — chacun ici en convient — qui souvent n'osent pas résister à leur robe, mais il arrive heureusement parfois qu'un de ces roméos reçoive dans le bréchet la chevrotine d'un paysan jaloux qui lui fait mesurer l'illusion qu'est la vie. Ce qui nous vaut des funérailles de belle ordonnance avec palmes, baldaquins, clochettes, reliques, litanies, interminable procession de bigotes — celles même qui devraient se réjouir de cette disparition — que j'insulte quand je les croise, le poing gaiement levé dans cette inimaginable chaleur tandis qu'elles me jettent des regards assez chargés de malveillance pour me transformer en simple bouffée de vapeur, risque auquel je m'expose dès que je m'éloigne un peu trop.

Revenons donc à la gargote. La table voisine de la mienne est occupée aux repas par les «clarcks» qui sont mes seuls interlocuteurs. Une demi- douzaine de gaillards approchant la trentaine qui travaillent (?) à la douane, au tribunal ou à la poste et dont l'anglais est bien meilleur que le mien. Ils ont tous lu Jane Austen et se cotisent pour acheter une revue polissonne intitulée «Whispering» qu'ils se passent au cours de la semaine selon la règle de séniorité. Vous imaginez dans quel état le dernier la reçoit. Ils portent des pantalons étroits et rivalisent de condescendance pour leurs congénères en sarong. «White collar people» disent-ils d'eux-mêmes avec complaisance. Distinction à laquelle ils tiennent mais qui n'a guère de sens ici où chacun se lave, se rince, s'essore inlassablement, se frotte la langue avec une pierre ponce pour en enlever les impuretés, où le moindre torchon est blanchi et séché au moins deux fois par jour. C'en est même une marotte, ces ablutions continuelles, comme s'il y avait dans la ville, dans l'île, dans la vie une souillure très ancienne impossible à effacer. Avec mes deux douches quotidiennes, je fais en comparaison plutôt figure de malpropre. Bref «white collar people» et valeureux champions du soulier verni, du pli repassé, du gousset occidental, mais bruyants comme des corneilles, mais l'âme un brin vacante, dénaturée en douce par trois ou quatre occupants successifs. Tant de changements d'étiquette et de costumes, et si brusques, et finalement d'un si mince bénéfice car ce sont toujours les «vrais tissus» qui ont tenu le bon bout. Dentelle de Flandres ou cheviotte d'Angleterre. Que vous reste-t-il après ce marathon vestimentaire et psychologique où l'on bazarde son identité, où l'on part perdant, où l'on arrive en nage? (dans cette atmosphère de serre chaude, des «chief justice» noirs comme la poix portent encore la perruque à marteaux). Quelques bricoles auxquelles nos Albuquerque, de Ruyter, Lord Clive tout bouillonnants de fièvre quarte ou abasourdis d'opium avaient négligé de penser. Les dettes par exemple. Ce qui meuble un peu leur vie, à mes amis, ce sont les petites dettes qu'ils font pour boire ou parier le samedi. C'est une manière de distraction, ces dettes : si modiques qu'elles soient, les intérêts s'accumulent; on empoigne alors son parapluie pour aller faire patienter l'usurier. Ou alors c'est lui qui vient vous relancer et l'on s'éclipse en prétextant un coup de paludisme, un parent décédé, bref! un peu d'animation et qui occupe. C'est comme une maladie, une dette, une chose qu'on a mise sur les rails et qui bouge dans l'existence immobile, vous tire un peu par la main, dont on peut se plaindre et parler tout le temps. Un souci — on ferait bien de s'en souvenir — c'est quand même mieux que rien du tout. Cela fait en tout cas oublier le bureau de la semaine et les dossiers ventrus emmaillotés de chiffons qui s'effilochent et dont l'écriture ressemble à des lunules enrichies de houppettes, et de points d'interrogation renversés qui ne recevront pas de réponse, je m'en porte garant.

« Hi! splendid!... Let's make it a day!... Too bad for you, old chap! » Chaque midi, lorsqu'ils s'attablent, j'ai droit à ma tape sur l'épaule; ils s'ébrouent, bombent le jabot, laissent filtrer un regard viril et flegmatique. Comme si nous avions une vie de cricket derrière nous, fait Sandhurst, partagé une portée de carlins ou gagné ensemble le double à Wimbledon. Fermez les yeux un instant, aidez-nous! car cette pathétique pantomime victorienne n'a — vous vous en doutez — d'autre but que de transformer fugacement cette gargote noircie comme une marmite en l'un de ces clubs selects (entendez-vous tinter les glaçons dans les verres, et ces voix presque asphyxiées de distinction?) auxquels ni eux ni moi n'aurons jamais accès. Distance proprement galactique. Rêve de fraîcheur, de pelouses, de self-control aimablement borné. *Members only and dress for dinner.* Moi qui ne connais pourtant rien de l'Angleterre, j'en ai le cœur serré. Ici la chaleur nous anéantit. Rêvons donc entre le cancrelat, la banane trop mûre et le col reprisé. Rêvez sans souci, gentlemen; mes vœux vous accompagnent. Moi j'ai d'autres affaires, car c'est *vous* qui m'intéressez…

… Et ce qui les intéresse eux, bien avant les dettes, c'est que leur mère leur trouve une épouse, las qu'ils sont d'étreindre à se blanchir les jointures les accoudoirs des fauteuils au cinéma «Cosmic» juste en dehors du Fort devant des films français d'ailleurs mutilés par la censure au point d'en être incompréhensibles. (Quand deux têtes se rapprochent, fût-ce pour échanger un secret, on prend les ciseaux.)

«Mon vieux», me disent-ils tout à trac avec la discrétion si particulière à l'ensemble du sub-continent, «avez-vous déjà joui d'une femme?». Eux pas. Vous devinez leur impatience. Et ils me décrivent par le menu les plaisirs qu'ils entendent faire partager à cette compagne si longtemps attendue, lecteurs assidus qu'ils sont de petits dépliants porno imprimés dans la capitale en clichés pâles et brouillés d'une facture aussi indigente que celle de l'imagerie pieuse, bouddhiste, baptiste ou catholique. Tous ces faux billets se ressemblent.

La vérité, c'est qu'ayant pris femme, et quoi-qu'ils aient pu me dire du kamasoutra, ils lui font un enfant tout de suite et sans fioritures, car ici la paresse et la nature s'accordent très souvent pour réduire à rien nos projets. En voilà quelques-unes de plus sur les seuils d'«Hospital street» à huiler leurs longs cheveux noirs et mûrir leur ventre au soleil en attendant les trois cérémonies incantatoires qui doivent assurer au fœtus un développement propice et une expulsion sans histoires. Une grossesse derrière l'autre, les corps s'épaississent et la beauté n'est bientôt plus qu'un souvenir ; c'est seulement chez les riches qu'elle a une chance de durer. Fin des rêveries libertines, retour au quotidien mortifiant. Cette fête lascive qu'ils s'étaient promise, je suis convaincu qu'ils n'y croyaient qu'à moitié : avec un siècle de pudibonderie anglo-saxonne greffée sur un bouddhisme aussi misogyne et sourcilleux que moribond, avec les atroces uniformes (sarraus noirs, col celluloïd, socquettes blanches) des écolières du «Lady Griffith girl college», simples corps célestes et voix pour l'harmonium, la frustration et la fermentation qu'elle provoque sont nécessairement au menu.

«To kiss in a public place is a legal offense» ai-je lu à l'entrée du jardin municipal, derrière l'église, où les racines des banians et de leurs compères font éclater les chemins à mesure qu'on les trace. Vous auriez pu battre tous les recoins de la ville sans y surprendre un couple d'amoureux, examiner ses murs et ses quelques pissoirs sans y trouver d'autres emblèmes que

ceux, politiques, des deux partis rivaux : le Parapluie et l'Éléphant. Une seule fois, sous le slogan
commercial de l'île «Every time is tea time»
charbonné par un désœuvré qui attendait le
bon vouloir d'une vessie paresseuse, j'ai relevé,
ajouté à la craie par une main dépitée «…and
no time ever fucking time». Si j'avais eu de quoi
écrire j'aurais griffonné tout en bas «Mates!
how right you are!». La décence est certes une
chose belle mais, on aura beau dire : quand les
travaux de l'amour manquent à ce point à l'existence et pour d'aussi mauvais motifs, un équilibre s'est perdu, un appétit essentiel fait défaut
et les animaux que nous sommes n'ont plus si
envie d'avancer. Voyez les ânes qui triment si
dur et bandent tout le temps.

Ils n'avançaient pas mes amis, s'en remettant
bien à la vie pour qu'elle s'en aille sans eux
comme elle le fait toujours à sa façon furtive et
déroutante. Malgré leur exténuant babil, malgré
une indigence commune qui aurait pourtant
dû nous rapprocher, je n'en ai jamais tiré beaucoup plus que ces futiles nostalgies érotiques.
Par exemple, ils s'amusaient bien des questions
qu'au début je leur posais sur l'île : ils jugeaient,
avec raison sans doute, que je n'avais pas encore
eu assez chaud.

La ville avait pourtant sa politique, assez
bavarde et boursouflée, deux ou trois partis en
plus de ceux de l'Ombrelle et de l'Éléphant, et

même une extrême gauche qui tenait ses assises dans l'arrière-salle de l'«Oriental Patissery». Que par 5 degrés de latitude Nord, 77,5 de longitude Est, et 37° à l'ombre, une boutique qui n'offre que des beignets au curry plus légers que du vent juge encore utile de rappeler qu'elle est «orientale» mérite réflexion. À Tours, à Brême, à Brescia imagine-t-on une «Cordonnerie occidentale» ou une enseigne «Aux confitures de l'Occident»? Non, n'est-ce pas : cela paraîtrait bizarre, voire un rien défaitiste. Moins sans doute si Attila, Tamerlan ou Soliman avaient réussi dans leurs entreprises et conquis l'Europe. Le contraire s'étant produit nous avons imposé nos mœurs, nos mesures, nos méridiens, nos Dieux, manipulé les marchés, annexé à notre seul profit la géographie. Le Christ et la canonnière, l'alcool et le goupillon. Pendant quelques siècles, l'Occident chrétien a été le centre, et la planète la banlieue de l'Europe. On ne désigne pas le centre, on définit par rapport à lui les différents points de la périphérie. «Oriental Patissery» soit! Mais l'habitude est si bonne mère que le cénacle qui s'y réunissait ne trouvait rien à redire à cet adjectif subalterne. C'était une poignée d'universitaires ultra-nationalistes qui avaient repris le sarong pour protester contre «l'aliénation occidentale», se blessaient une ou deux fois par lustre en fabriquant une bombe artisanale dont ils étaient les seules victimes et se retrouvaient là chaque soir pour leur partie de whist. Les seuls aussi dans la ville à considérer mes vagabondages avec indulgence et à m'interroger sur ce que j'avais vu. J'allai plusieurs fois les trouver pour leur demander à quoi, dans cette fournaise, ils pouvaient encore accrocher leurs convictions. À rien ou presque : pas de prolétariat industriel, de slums, de coolies. Pas de misère voyante mais un océan de petites gens vivant juste au-dessus, dans le besoin, dans une respectabilité râpée et chagrine qui ne les poussait guère à militer. Apôtres sans disciples, une vertu un peu dévernie leur tenait lieu de programme ainsi qu'une aptitude stupéfiante à argumenter infiniment dans la chaleur, à s'énerver en querelles doctrinales avec les partis frères n'étant ni staliniens, ni maoïstes, ni castristes, ni titistes mais *trotskistes* depuis plus de vingt ans et, à l'époque, les derniers sans doute. Les raisons de ce choix semblaient avoir entre-temps quitté les mémoires; ils s'obstinaient pourtant et tenaient beaucoup, c'était clair, à cette doctrine alors presque oubliée. J'avais l'impression qu'en idéologie comme en négoce nous leur avions une fois de plus refilé du vieux stock et que s'ils s'attachaient si fort à cette marchandise périmée c'est, qu'instruits par l'expérience, ils étaient au moins certains que nous n'allions pas la leur reprendre.

Essoufflés après quelques années d'activisme,

d'élan, quelques cortèges vociférants et mémorables, je les surprenais en somme en panne d'enthousiasme. Ici où le climat est souvent plus fort que la cupidité, la moindre bouffée d'altruisme vous laisse évidemment sur le flanc. Il fait trop chaud pour être bon longtemps. «C'est dans le Nord, me disaient-ils pour s'excuser, que la Révolution prolétarienne et la lutte des classes (propositions qui paraissaient ici résolument boréales) ont été inventées». Et — c'est moi qui aurais dû m'excuser — par des barines qui soufflaient dans leurs doigts avant d'écrire par exemple « *la bûche d'acacia sèche tinte comme porcelaine, plus légère qu'un hareng gelé*». Comme ils avaient raison : Engels avait une bouillotte, les épreuves du «Capital» ont été corrigées avec des mitaines, l'encre de Trotski gelait dur dans l'encrier; tous ces fantômes venus du froid perdent ici leur substance, fondent comme neige sur le poêle. Jusqu'au fulmicoton qui, dans ce climat, explose spontanément avant même qu'on l'amorce. Le Bolchevisme équatorial me paraissait mal parti, le marxisme caniculaire avoir du plomb dans l'aile, la vocation de mes interlocuteurs plus que problématique. Pour la docilité comme pour ensuite la révolte, nous les avions trompés sur le poids, truqué la recette, imposé le menu et gardé tous les atouts. De tous les négoces, celui des idéologies — qui ignore le client — est le plus dommageable, et pour tout le monde, car on s'abaisse soi-même lorsqu'on force les autres à vous imiter.

Ce n'était en tout cas plus avec mes amis qu'on referait le monde, ni même le bout de route, toujours en fondrière, qui relie le Fort au marché. Ils en convenaient volontiers. Pauvres vaincus escroqués et verbeux qui m'écoutiez sans ricaner, qui m'avez accueilli avec cette espèce de jovialité funèbre qui toujours signifie qu'on a irrémédiablement perdu.

Soviet de l'«Oriental Patissery» je vous remercie et je vous revois : le quinquet fume et charbonne, noire icône, visages à larges pores luisant dans la chaleur de la nuit pendant que le temps se défait en péroraisons spectrales. Dans une vapeur d'arak à couper au couteau, la braise d'un cheeroot éclairant les mâchoires cariées, ils poussent leurs cartes en tisonnant patiemment le passé. Ce que je fais aujourd'hui même. Si à tous ceux qui vieillissent on interdisait cette petite phrase «Vous souvenez-vous?», il n'y aurait plus de conversation du tout : nous pourrions tous, et tout de suite, nous trancher paisiblement la gorge.

VIII

Indigo Street

Indigo Street qui va du phare au Bastion d'Éole est la rue la plus ancienne du Fort. Ma rue, car elle débouche sur la mer juste à côté de l'auberge, celle où j'ai mes habitudes et mes lieux et, d'une certaine façon — bien que je n'y aie guère été heureux —, la plus belle et la plus folle de ma futile existence.

J'y suis si souvent retourné en songe que j'en revois encore exactement les boutiques — l'échoppe à thé du tamoul, le poissonnier à l'anneau d'or dans l'oreille gauche, les fauteuils à pompons du barbier, l'épicerie musulmane — disposées sur cette portée comme les notes d'une musique qui m'était particulièrement destinée, inoubliable, et dont je cherche encore le sens. Longue alignée de façades étroites dont les crépis cannelle, outremer ou saumon mordus par les embruns se défont en demi-teintes précieuses, en efflorescences d'une fastueuse mélancolie. C'est ce baroque colonial bricolé, indolent, frivole de petites gens qui adaptaient à peu de frais le style des conquérants de l'Ouest et qui a fleuri au hasard des comptoirs et des aiguades entre Madagascar et Flores. Mais ici, une nature surabondante le décore en même temps qu'elle le ronge : festons de sel suintant sous les fenêtres, nacre et corail maçonnés dans les volutes d'un stuc lépreux, jeux de lumière ambigus sur la cuirasse des fruits pourrissants, et crustacés furtifs nichés dans les moindres caprices de l'architecture.

Patinée par la décrépitude et le climat, Indigo Street brille comme une icône. Le vent de mer l'embouche comme une flûte, il y fait danser des rideaux de sable fin qui crépitent sur le toit palmé des charrettes et courent sur le sol en moirures fugaces. Parfois un crabe-pèlerin, balayé par la bourrasque, la traverse de bout en bout, pinces étendues, en tournoyant comme une feuille morte. Quelle que soit la hauteur du soleil, la lumière y conserve une qualité sous-marine, résolument crépusculaire, comme si Indigo Street avait depuis longtemps sombré corps et biens avec ses figurants.

Chaque jour, en remontant la rue, j'aperçois du coin de l'œil ceux que je n'ose encore appeler mes voisins : formes blanches et guindées, faiblement lumineuses, étroits sarongs immaculés dans la pénombre bleue de chambres toutes pareilles. Ce sont les survivants d'une caste

74

commerçante qui faisait négoce de la citronnelle et de l'indigo avant que l'ensablement du port ne les réduise à la gêne et à l'inaction. Les petits lopins qu'ils possèdent encore au-dessus du Fort leur permettent tout juste de manger à leur faim, de sauver cette morgue et ces faces de bois auxquelles ils semblent tenir si fort. Une ou deux fois la semaine, leurs métayers passent avec une voiturette à bras et déversent en vrac devant chaque seuil, avec une sorte de rancœur, une charretée de noix de coco dont on laisse ensuite les coques évidées, lubriquement bombées et fendues, fermenter sur la rue dans une abominable odeur de lin rouilli pour en tirer je ne sais quel breuvage.

Mes voisins ne sortent pas avant la nuit et passent donc leur temps à l'attendre dans leurs sombres cuisines. À toute heure du jour un regard de côté suffit pour s'assurer qu'ils sont bien là : quelques vieilles et surtout des vieillards hiératiques, le chignon couronné d'un haut peigne d'écaille, immobiles, chrysalides piquées au bord de fauteuils sino-bataves polis comme des ossements et taillés dans un teck noir si dur que les termites, qui ont pourtant ici toutes les audaces, en ont fait leur deuil depuis longtemps. Ces sièges, un primus bleu, la lampe à huile en laiton ouvragé, parfois un vieux poste radio de forme ogivale sont les seuls ornements de ces demeures et les derniers témoins d'une aisance défunte. Hormis occuper leur fauteuil et s'offrir de profil au passant, mes voisins — j'ai fini par m'en convaincre — ne font absolument rien. Rien de visible en tout cas. La présence d'un rouet serait inconcevable. Parfois on voit l'un d'eux élever à sa bouche d'un geste tremblant une mesure de cuivre remplie d'arak, parfois laisser tomber dans son café une de ces boulettes de cannabis qui leur font l'œil si fixe et brillant, parfois découper à menus coups de canif dans une feuille de bananier un de ces mignons étendards architarabiscotés, couverts de mantras et de pentacles, qui servent ici aux opérations de magie noire ou blanche. Parfois aussi une toux sèche et râpeuse s'élève d'une de ces tanières, à laquelle d'autres toux répondent, petites explosions rêches qui montent de partout, et la rue s'anime en quinconce, et le temps reste suspendu... va-t-il enfin se passer quelque chose ? Puis tout rentre dans l'ordre et mes vieux mages retrouvent leur posture fléchie comme s'ils venaient tous à l'instant d'apprendre la même nouvelle accablante, retrouvent cette torpeur trompeuse — je soupçonne un truc là-dessous — qui rappelle l'immobilité de grands insectes aux aguets.

Se rendent-ils parfois visite ? je crois qu'ils n'en font rien, d'ailleurs seul un œil mieux exercé que le mien pourrait l'affirmer tant ces sombres retraites et leurs occupants se ressemblent. Le soir, quand la mer s'éteint comme une chandelle, quand un début d'obscurité et la lumière incertaine du pétrole rendent cette similitude plus vertigineuse encore, celui qui remonte lentement Indigo Street jurerait qu'il marche sans avancer entre des images identiques, qu'il s'engage étourdiment dans un jeu de miroirs ternis qui le bercent, qu'il va… qu'il est déjà tombé dans un piège à alouettes disposé tout exprès pour lui.

Si grands nécromants que soient mes voisins, ils n'ont jamais pu s'entendre avec le soleil qu'ils ont en horreur. Ni le conjurer, ni même l'éloigner un peu. Personne ici n'en fait façon. Vers six heures du matin il monte sur l'horizon comme un boulet pour aller se fondre dans le ciel fumeux. On voit partout ce cyclope sournoisement réverbéré par les vapeurs et les humeurs qu'il tire de la ville. Pendant le jour interminable, il pèse sur les plantes, les hommes, les idées pour les faire mûrir et pourrir au galop et nous empoisonne comme une mauvaise absinthe avant de plonger en fumant dans la mer avec une débauche de couleurs vineuses, folles et d'ailleurs vite éteintes qu'il emporte avec lui. Chaque soir c'est le même embrasement, la même orgie de beauté confondante, les mêmes fastes baroques déployés sur notre fourmilière et comme pour s'en moquer. À midi certains jours on a à peine une ombre, mais malheur à qui s'y laisse prendre et s'avise d'agir quand il tient le haut du ciel. Une sorte d'ébriété inexplicable s'empare de lui. Le soleil gagne à tous les coups. On s'efforce donc d'expédier les affaires à la tombée du jour ou dans ces premières heures après l'aube où l'on sait un peu ce que l'on souhaite. Encore s'agit-il de faire vite : souvent j'ai vu mes voisins debout sur leur seuil — de bon matin mais juste un peu trop tard — la tabatière passée dans la ceinture, empoigner leur ombrelle, fin prêts, en route vers une entreprise conçue à la faveur d'une nuit humide et fraîche, le visage presque animé par ces intentions précises. Ils quittent l'ombre du porche et, le temps qu'ils aient ouvert leur pébroque, le soleil leur a déjà donné sur la tête et transformé leur projet en vapeur. Ils s'éloignent alors dans la lumière à pas titubants, là où le vent hasardeux les pousse, comme des brindilles.

IX

Quatre grains d'ellébore

« Éloignez-vous à un jet de pierre sur la droite ou sur la gauche de cette route bien entretenue sur laquelle nous marchons, et aussitôt l'univers prend un air farouche, étrange… »

R. Kipling

On peut affirmer sans grand risque que cette Île s'adonne à la magie depuis le jour où elle est sortie de la mer. À croire les anciennes chroniques, l'air y était à ce point bourdonnant de présences scélérates que le Bouddha lui-même y fit plusieurs voyages pour convertir ces ombres à la Bonne Loi et rendre le pays habitable. Pour un temps : on est démon comme le scorpion pique, comme l'épouse est fidèle ; le Plan du Monde veut pourtant que tout s'use et que chacun retombe dans son karma. Le premier ministre de Mandadipa qui fut jadis transformé en perruche continua jusqu'à sa mort d'exercer ses offices du haut de son perchoir, et les portes de la première capitale n'eurent pendant des années d'autres gardes que des goules ou des gobelins convertis, d'un repentir si neuf et si distrait qu'ils dévoraient encore les voyageurs attardés.

Aujourd'hui, les enchanteurs sont encore légion mais vous n'en trouverez pas — au moins dans ma province — de plus redoutés que ceux du bourg de M... On ne vous dira pas pourquoi; c'est comme une supériorité très ancienne qu'on leur reconnaît — à regret d'ailleurs — dans la malfaisance, et ce voisinage est pour ma petite ville un sujet constant de préoccupation. Pourtant ici, en fait de magie, nous sommes déjà gâtés. Tout est prétexte à sortilèges, les possédés tournent sur eux-mêmes l'écume aux lèvres en ronflant comme des toupies, toutes nos nuits sont traversées par le son des tambours et chacun consacre un peu d'énergie ou d'argent à se prémunir contre les manigances réelles ou supposées de ses voisins. L'honnêteté oblige cependant à reconnaître qu'à force de mitonner dans le chaudron de ma ville, nos démons ont eux aussi un peu fondu. Ils participent à l'enflure, au laisser-aller, à la léthargie générale et l'aubergiste qui est un homme avisé m'assure qu'ils sont en outre d'intarissables bavards. De leur côté, nos exorcistes ne brillent pas par leur vertu. Ce sont des fainéants assurés de leur bol de riz et qui

n'observent aucune des abstinences qui les ren-
draient vraiment efficaces. De part et d'autre, le
tranchant s'est émoussé. Nous maquignonnons
avec nos ombres, nous ergotons avec nos fantômes et la plupart du temps on s'arrange à
l'amiable. Quand une affaire s'envenime tout
de même, c'est que quelqu'un n'a pas joué le
jeu ou — qui sait? — s'est soudain réveillé.
Encore quelques générations et notre magie
vaudra notre politique.

À M... c'est bien autre chose : le vieux venin
n'a rien perdu de sa violence. On s'y trans-
met dans un souffle les gestes et les formules
qui sont à la racine de toutes les nuisances
occultes. Grandes ou petites. De celles qui font
cailler le lait dans l'outre ou choir une pluie
d'excréments sur un festin de noce et qu'il
faut plutôt considérer comme des tracasseries
ou des avertissements, jusqu'aux maléfices
majeurs comme celui qui frappe soudain le
barbier d'une douleur si fulgurante entre les
épaules que son rasoir s'envole puis s'abat en
tranchant une gorge ensavonnée. C'est bien
fâcheux mais c'est ainsi; il faut donc qu'on
s'en accommode. Au moins a-t-on l'avantage de
savoir d'où viennent les coups. Au bazar, qu'un
couple de pies pique sur l'éventaire de l'orfèvre
et disparaisse avec quelques boucles, anneaux et
pendentifs d'or fin, le malheureux empoigne
aussitôt son ombrelle et prend tête basse la route

de M... pour racheter sa marchandise à un prix qui reste à débattre. Tout le long du trajet, il se demande ce qu'il a bien pu «leur» faire ou plus simplement faire et il suffit qu'il s'interroge ainsi pour se retrouver tout noir de coquineries qu'il s'était efforcé d'oublier. Mais si les envoûteurs de M... nous tiennent parfois lieu de conscience, ils servent encore plus souvent d'alibi puisqu'on leur impute ici tous les échecs dus à la paresse, à l'incompétence et à l'incurie. Et si les commerçants du bazar sont les premiers à se retrancher piteusement derrière ce genre d'excuse, c'est qu'ils sont les premières victimes de cette situation. Les acheteurs de M... — de grands effrontés tout en jambes — viennent nombreux ici et ont la patience courte. Lorsqu'ils sont las de marchander, il leur suffit d'introduire dans la tractation comme l'ombre d'une menace pour que le vendeur lâche aussitôt prise et que son client s'éloigne d'un pas vif, ses emplettes sous le bras. On ne sait jamais à qui on a affaire. Mieux vaut rogner sur son profit que de se réveiller le lendemain avec la langue si enflée dans la bouche qu'elle y peut à peine remuer, ou ne pas se réveiller du tout. Mieux vaut aussi ménager ces voisins dont les services, précisément tarifés, sont dans tant de situations délicates — disons : un petit héritage — les seuls à pouvoir vous tirer d'affaire.

M... est comme l'ombre de ma ville, le prix qu'elle paie pour sa veulerie, le dernier moyen dont elle dispose pour troubler ce sommeil qui ressemble à la mort; ses mages nous sont aussi nécessaires que le sable l'est à l'oubli.

X

Le poisson-scorpion

« Dans le Nord il y a une femme
tu la vois
et tu perds ton royaume
tu la revois
et le monde disparaît. »

Nikos Kazantzaki

Avril. Première semaine de la mousson du Sud-Est. Par une mystérieuse osmose les visages et les corps se gonflent d'humidité. Les clients de l'auberge ont l'air d'avoir été bouillis. Hier, le postier avec ses yeux mobiles et porcins était comme une cosse sur le point d'éclater. Deux lettres : ma mère… et quand j'ai vu l'autre mon cœur a manqué s'arrêter. J'ai donné une roupie au facteur pour qu'il décampe au lieu de tripoter interminablement — comme il a coutume de le faire — les quelques objets qui ont bien voulu me suivre jusqu'ici.

Ma mère : l'aveuglement est souvent fils de

l'affection ; elle ne comprend rien à mes lettres. À l'en croire, les choses ici ne sont pas du tout telles que je les décris. Elle le sait de science innée, et aussi par des amis qu'une furtive croisière de luxe a amenés pour quelques jours dans le seul palace de la capitale. Je suis tout de même dans l'Île-du-sourire-et-de-la-pierre-de-lune mais je pousse tout au noir pour la chagriner. « Toutes ces mauvaises personnes » n'existent que dans mon imagination. Quand elle pense à l'enfant que j'étais, la barrette dans les cheveux (que j'enfonçais furieusement dans ma poche sitôt franchi le seuil), Czerny et le piano droit, les mots d'esprit — stupides et souvent concertés — qui faisaient pâmer ses visites. Bref, un sucre. Tel que je me vois d'ici : un coitron sucré et pédant, menteur adroit, toujours fagoté à faire pouffer les camarades. Pour qui sait lire entre les lignes, l'éloignement et le voyage ne me valent rien de bon. Suit la liste de mes contemporains si heureux dans des situations d'avenir. Mariés qui plus est. L'Université, semble-t-il, n'attend que mon retour. Et la flèche du Parthe, mon « ton » (subversif ?) préoccupe mon père au point qu'il est trop peiné pour m'en parler. Mon père ? avec ses bons yeux de cocker intelligent et son prénom clownesque, je crois plutôt qu'il s'amuse secrètement et parlerait volontiers sur le cheval couronné que je serais devenu. Il ne s'est en tout cas pas lancé dans la bagarre, se contentant d'ajouter au bas de la page, de sa fine écriture d'humaniste, la liste des cadeaux qu'il a reçus pour son soixantième anniversaire : un banc de jardin, un tablier vert à larges poches, un sécateur, un bouquin sur les abeilles, un pot de miel. Rien de peiné là-dedans. Et ce commentaire : « Tout ce qu'un ours reçoit dans un conte de Noël. » Un jour de son existence dans un clin d'œil. Dans le parcours de sa vie, une humiliation dont je ne sais rien l'a, d'une certaine façon, réduit au silence. Lorsqu'il juge qu'une affaire mérite d'être rapportée, c'est un conteur incomparable. Il laisse filer son histoire comme une corde entre ses doigts ; ses auditeurs sont stupéfaits — et s'en voudraient presque — d'être restés suspendus aux lèvres d'un homme aussi modeste. La plupart du temps il préfère s'exprimer par quelques clins d'œil à la frontière du silence. Les clins d'œil sont de vrais clins d'œil ; je commence à découvrir que le silence est bourré comme un pétard d'humour et de sagesse patiente. Il ne m'a en tout cas pas empêché, malgré quelques conflits inévitables, de le tenir pour l'un des êtres les plus aimables que j'aie rencontrés.

… « Toutes ces mauvaises personnes » (! ? ! ?). Hier, le plus grand quotidien de la capitale titrait joyeusement « *No Murder Today !* ». Caïn a son jour de congé ; on pavoise. À marquer d'une pierre blanche. On s'égorge énormément dans l'Île du Sourire. On se jette des sorts et on en meurt. Et les jours d'éclipse, ma mère, c'est le Démon Rahu qui dévore la lune errante. L'autre matin, dans la petite échoppe où je vais déjeuner de quelques tartines, j'ai vu un docker — viande boucanée par la misère, sans âge — en blesser mortellement un autre à côté de la machine à sous où il venait de perdre à trois reprises. D'un coup de machette qui a presque détaché l'épaule. Amok. Le patron a aisément désarmé le coupable, complètement prostré, jusqu'à l'arrivée des flics qui l'ont entré dans leur registre dans une belle anglaise à l'encre violette, menotté, embarqué. Il sera pendu dans six semaines et il le sait. Nous avons conduit le moribond à l'hôpital qui est juste à côté, passé plus d'une heure à éponger le sang qui inondait le carrelage, puis chacun est retourné à ses affaires dont la principale est d'avoir trop chaud. Petite vie, petite malchance, coup de chaleur, violence. Toutes ces mauvaises personnes ! Et toutes les lettres de ma mère me remettent en culotte courte autour de sept ans. Si je n'avais pas tant et mieux à faire, je lui décrirais par le menu comme dans un film au ralenti cette boucherie paisible, cette démence tranquille, le bruit d'abattoir de l'os entamé et notre indifférence après, et l'odeur fade de ce nettoyage auquel nous nous sommes tous livrés, pressés que nous étions de retrouver nos mesquines habitudes. C'est sans espoir :

jamais je n'ébranlerai cette forteresse de for-
titude innocente. Toi Papa, continue à te taire !
ne dépasse pas le post-scriptum. Reste le Roi des
Ours ou le lettré chinois que tu étais dans une
autre existence. Je m'en accommode ; tu me
plais comme ça. Au retour, je ne manquerai pas
de clins d'œil à te faire. « Celui qui parle ne
sait pas, celui qui sait ne parle pas. » D'accord
Auguste ?

... L'autre lettre — ces grosses boucles désin-
voltes qui galopent à travers l'enveloppe — voilà
six mois que je l'attendais. Que fait-elle de sa
vie ? dans quelles compagnies ? qui a-t-elle mis
dans son lit brûlant d'herbes et de feuilles ? nous
retrouverons-nous l'an prochain en Californie
où « Harper's Magazine » m'a offert du travail ?
C'est une lettre épaisse qui contient un petit
objet dur. Je n'ai pas osé l'ouvrir avant d'avoir
essayé de faire basculer la journée en ma faveur.
Le voyage, comme la modicité de ma vie, m'ont
rendu un brin ritualiste. Rasé, douché. Balayé
ma chambre comme un moinillon faisant
ménage dans sa cellule avant d'ouvrir son missel.
J'ai même frotté à l'huile de palme le Bouddha
posé sur ma crédence pour nourrir le bois jusqu'à ce que sa petite gueule écornée par les
termites s'allume de plaisir. Suis passé par le
marché et revenu avec une galette de thé noir à
gros brins, une livre de petits citrons verts, une
canette de bière, une tranche d'espadon bordée

d'une peau bleu ardoise aussi solide que du cuir. Une boîte de cigarettes Peacock. Ces emplettes, disposées autour de mon Primus, suggèrent l'idée d'un homme sûr de son fait, ferme dans ses propos. Travaillé tout l'après-midi au récit de la bataille de Kadesh (1286 av. J.-C.). J'aime les Hittites, cette civilisation rustique et si clémente qui dort sous trois mille ans d'humus de feuilles de saules anatoliens. C'est pour moi ici un contrepoids de fraîcheur, et le moment de fixer des images encore nettes dans mon esprit. J'ai bon espoir aussi de vendre cet article. J'aime les Hittites parce qu'ils détestaient les chicanes. Tout ce que je connais d'eux n'est qu'une inlassable exhortation au bon sens. S'il fallait vraiment faire la guerre, alors ils la gagnaient, grâce à une charioterie incomparable et une tactique pleine d'astuces de derrière les fagots. Ramsès II a eu tort de leur chercher querelle. Malgré ses bas-reliefs triomphalistes, il s'est bel et bien fait rosser. J'ai revu cette empoignade sur l'Oronte comme si j'y étais : la poussière soulevée par les chars, les tiares, les cris d'agonie, les contingents grecs et philistins engagés contre l'Égypte, les bijoux sonores des putains qui suivaient les deux armées. J'avais la tête claire ; les mots qui me venaient pesaient comme un caillou dans la poche, calibré pour la fronde de David. « David offensa le Ciel en mettant dans sa couche Bethsabée, femme d'Urie le Hittite, qui était très belle de figure » (Livre des Rois). Et en plaçant son époux au plus fort d'une mêlée pour s'en débarrasser. L'Ancien Testament fourmille de Hittites — vendent un tombeau ici, achètent une vigne là — et une citation biblique vaut son pesant d'or pour un éditeur américain, surtout libéral. Excellent.

J'avais couvert trois grandes pages quand un scorpion noir a dégringolé des poutres de mon plafond dans mon bol de thé. Étourdi ? Poussé par un frangin blagueur ? Je vois à sa taille que c'est un blanc-bec de la dernière pluie, absolument paniqué. Je sais maintenant comment m'y prendre avec ces petits joyaux héraldiques : les attraper entre le pouce et l'index juste sous l'aiguillon. Je l'ai posé sur le plancher qu'il a traversé comme un éclair pour disparaître dans une crevasse du mur où il attendra que sa maman vienne le chercher.

Elle est justement du Scorpion et « très belle de figure », c'est donc ma journée de bonté.

J'ai rangé mon travail et tiré ma chaise sur le balcon pour regarder le grand chromo chiqué du crépuscule pendant que mon espadon mitonnait dans les citrons. À rêvasser, le menton dans les mains…

… Pourquoi dans toutes nos langues occidentales dit-on « tomber amoureux » ? Monter serait plus juste. L'amour est ascensionnel comme la prière. Ascensionnel et éperdu. Chez les insectes isoptères, tout individu sexué reçoit aussitôt sa paire d'ailes. Je la revoyais une nuit à mes côtés sur la jetée du port de ma ville natale. L'été, le silence, l'approche de l'aube. Je la connaissais d'une semaine (Kant, Hermann Hesse, tennis). Je la trouvais superbe. Nous marchions du même pas, sans aucun bruit. Je reconnaîtrais sans peine l'endroit où j'ai senti comme une aveuglante déchirure dans le noir, où j'ai eu les poumons dévorés de bonheur. La vie d'un coup acérée, musicale, intelligible. Surtout ne rien dire. Du coin de l'œil j'ai essayé de voir où elle en était, elle. Demi-sourire retroussé sur les dents blanches, longue foulée, la crête d'une vague. Pas un mot. Il fallait pourtant faire quelque chose. J'ai embrassé le grand mat vernis qui se dresse sur le môle et suis grimpé jusqu'au sommet sans ressentir l'effort. Là-haut, les dernières lumières de la rade reflétées sur l'eau sombre. Elle, pas plus grande qu'un plant de rosier. Il faut croire que cette forme d'aveu a aussi son éloquence : quand j'étais redescendu hors d'haleine les mains pleines d'échardes, je l'avais trouvée folle de rire, les yeux brillants d'impatience, déjà à moitié dévêtue. Monter…

La lettre expédiée deux mois plus tôt de Hambourg par poste de mer contenait son faire-part de mariage sur lequel elle avait griffonné « désolée, ciao et bon voyage » et un Poisson d'or — je suis Poisson — long comme l'ongle du petit doigt. Le bristol portait *Dr Phil. M...*, la thèse sur Renan était donc terminée. Deux ans déjà. Dieu comme le temps passe! Est-ce Laclos qui a écrit «le pire dans la jalousie, c'est qu'elle survive si longtemps à l'amour»? J'avais bien peur que cette fois ce ne fût le contraire. Je n'étais pas jaloux. J'étais parti trop loin et trop longtemps. Tout ce que j'avais pu lui écrire ne m'avait pas empêché de devenir une ombre. J'allai prendre dans ma valise la photo qui m'avait si souvent porté secours et regardai une dernière fois ce visage éblouissant avant d'y mettre le feu avec mon briquet. Puis je descendis faire cadeau du Poisson à l'aubergiste en lui expliquant qu'il s'agissait d'un signe du zodiaque occidental chargé de bénédictions, qui ne pouvait donner prise à aucune opération de magie noire. Il a passé un fil de soie rouge dans le minuscule anneau qui terminait la queue et a suspendu l'amulette au cou de son fils Puthah. Puthah est un gros gamin de trois ans aux yeux protu-bérants qui pose culotte un peu partout dans l'auberge sous le regard indulgent des pension-naires. Il porte au front la petite tache de boue des çivaïstes et est heureusement trop paresseux pour grimper les cinq marches qui conduisent à ma chambre.

«Désolée» et moi donc! Une raison de moins de regagner l'Europe. Désormais chacun sa vie et chacun sa musique; pour quelque temps la mienne ne serait qu'un grincement. Chacun sa guerre aussi; la mienne — qui ne sera jamais gagnée — n'en serait pas facilitée. Des haillons d'un rouge vineux s'effilochaient encore dans le ciel presque noir. C'en était bientôt fini de la grande débandade des couleurs. Moi aussi, j'étais comme un général en déroute dont les armées auraient, dans le temps d'un éclair, mystérieusement fondu.

Tenté de me remettre au travail pour faire pièce aux images qui venaient me trouver. Si l'on savait à quoi l'on s'expose, on n'oserait jamais être vraiment heureux. En reprenant l'Ancien Testament, suis tombé sur ces trois mots «Jacob demeura seul». Et encore, la hanche déboîtée pour avoir lutté avec l'Ange! Pas l'ombre d'un ange ici, je m'en tire mieux que lui. Ressaisis-toi Caliban, réveille-toi Gribouille avec tous tes trajets, tes projets, cette marotte d'aller et venir, de changer d'horizon toujours. Ce que tu n'as jamais cessé de chercher est peut-être ici, maintenant, dans cette chambre torride, à portée de ta main, tapi dans le noir et seulement dans le noir.

Le même soir un peu plus tard

«Fillette, fillette
si tu t'imagines
qu'ça va qu'ça va qu'ça
va durer toujours
la saison des a...
saison des amours. »

Raymond Queneau

Ce grondement inquiet qui me parvenait à travers l'averse n'était pas dans ma tête. Il monte droit de sous mon balcon. Je n'ai pas encore de pinces mais je commence à avoir des antennes. Je sens dans mes os que la termitière dont les expéditions empruntent si souvent mes murs et mon plancher est en train de faire sauter le mauvais ciment de la cour et va mettre une forteresse plusieurs fois centenaire en péril pour lâcher son vol nuptial. Ici comme partout, les élans du cœur ne vont pas sans danger. La nuit est maintenant faite, la pluie a cessé, la terre est ameublie, on peut risquer l'opération. Les fourmis qui l'ont su avant moi préparent fébrilement une descente sur les brèches qui viennent d'être ouvertes. Elles ne sont pas seules ; dans un périmètre qui dépasse bien l'auberge, mâchoires, museaux, dards, moustaches, mandibules vibrent ou claquent de convoitise. Scolopendres, engou-levents, araignées, lézards, couleuvres, tout ce joli monde d'assassins que je commence à connaître est littéralement sur les dents. Suis descendu voir cette hécatombe, une lanterne sourde à la main. Par les fissures du béton éclaté les termites volants montaient du sol en rangs serrés pour leurs épousailles, les ailes collées au corps, leur corselet neuf astiqué comme les perles noires du bazar. Puceaux et pucelles choyés des années durant dans l'obscurité, dans une sécurité abso-lue dont notre précaire existence n'offre aucun exemple, ignorant tout de la société de malfrats, goinfres et coupe-jarrets réunie pour les accueil-lir à leur premier bal. Ils s'ébrouaient au bord des failles et prenaient leur essor dans une nuée fuligineuse et bourdonnante qui brouillait les étoiles. Bref enchantement. Après quelques minutes d'ivresse, ils s'abattaient en pluie légère, perdaient leurs ailes, cherchaient une fissure où disparaître avec leur conjoint. Pour ceux qui retombaient dans la cour, aucune chance d'échapper aux patrouilles de fourmis rousses qui tenaient tout le terrain. Fantassins fréné-tiques de sept-huit millimètres encadrant des sol-dats cuirassés de la taille d'une fève qui faisaient moisson de ces fiancés sans défense et s'éloi-gnaient en stridulant, brandissant dans leurs pinces un fagot de victimes mortes ou mutilées. D'autres de ces machines de guerre guidées par leur piétaille cherchaient à envahir la forteresse par les brèches que les soldats termites défendaient au coude à coude. J'avais souvent vu sur mon mur ces étranges conscrits — produits d'une songerie millénaire des termites supérieurs — dans des travaux de simple police (escorter une colonne d'ouvriers, menacer un gêneur étourdi) avec leur dégaine hallucinante : ventre mou, plastron blindé et cette énorme tête en forme d'ampoule qui expédie sur l'adversaire une goutte d'un liquide poisseux et corrosif. De profil ce sont de minuscules chevaliers en armure de tournoi, visière baissée. Et un culot d'enfer. À quelques centimètres de la faille les assaillants recevaient décharges sur décharges et tombaient bientôt sur le côté, pédalant éperdument des pattes jusqu'à ce que leurs articulations soient entièrement bloquées par les déchets qui venaient s'y coller. Les défenseurs tenaillés ou enlevés étaient aussitôt remplacés au créneau. Ici et là, un risque-tout quittait sa tranchée et sautait dans la mêlée pour mieux ajuster sa salve avant d'être taillé en pièces. D'un côté comme de l'autre ni fuyard ni poltron, seulement des morts et des survivants tellement pressés d'en découdre qu'ils en oubliaient le feu de ma lanterne et de mordre mes gigantesques pieds nus. Si nous mettions tant de cœur à nos affaires elles aboutiraient plus souvent. Sifflements, chocs, cris de guerre, d'agonie, de dépit,

97

cymbales de chitine. Certains coups de cisailles s'entendaient à deux mètres. La rumeur qui montait de ce carnage rappelait celle d'un feu de sarments. Avant l'aube, les fourmis ont commencé à faire retraite et les ouvriers-termites à boucher les brèches sous les soldats qui protégeaient leur travail. Murés dehors, ils vont terminer leur vie de soudards aveugles aux mains du soleil et de quelques autres ennemis. À ce prix, la termitière a gagné son pari. Les rôdeurs et les intrus qui ont pu y pénétrer sont déjà occis, dépecés, réduits en farine pour les jours de disette. Dans la cellule faite du ciment le plus dur où elle vit prisonnière, l'énorme reine connaît la nouvelle. Un des Suisses de sa garde est venu lui dire d'antenne à antenne, en hochant comiquement sa grosse tête, que « Malbrouck était revenu ». C'est l'heure du *Te Deum* souterrain. Celle aussi de faire dans la sécurité retrouvée le compte des pertes qui sont effroyables. Et de repourvoir exactement — soldats, ouvriers, termites sexués — les effectifs décimés. Par des manipulations génétiques auxquelles il semble, bien heureusement, que nous ne comprenions rien. Personne en tout cas, dans ces catacombes d'argile, ne choisit son destin. Ai-je vraiment choisi le mien ? Est-ce de mon propre gré que je suis resté là des heures durant, accroupi, hors d'échelle, à regarder ces massacres en y cherchant un signe ?

Le premier soleil m'a réveillé en me chauffant une joue. Je m'étais endormi par terre à côté du falot qui brûlait toujours en sifflant. J'avais les yeux au ras du sol. Autour de moi, la cour était couverte d'une poussière d'ailes argentées, de carapaces vides, de pattes et de têtes sectionnées, de cuirasses éclatées. Quelques grandes fourmis engluées bougeaient encore faiblement. Les cancrelats, voireux et matinaux, étaient déjà au travail dans ce cimetière. Je me demandais si ce jour de désastre porterait même un nom dans les chroniques de mes microscopiques et mystérieux compagnons. Et s'il en aurait un dans la mienne.

XI

Graine de curieux...

«... Car nous voici arrivés au plus vieux du Pays, à celui que parcourent en liberté les puissances des ténèbres... »

R. Kipling

Un jour de déroute, et aussi parce que toutes les fables que j'entends ici m'intriguaient, je suis descendu jusqu'à M... C'est une bourgade à l'extrême Sud de mon Île où un autobus dont les sièges de velours crevé remontent à l'enfance d'Édouard VII vous conduit pour deux roupies. J'y suis allé à pied, comptant sur l'exercice pour me ressaisir un peu. Comme si souvent ici, la route fait grande débauche de beauté inutile. C'est une chaussée rongée d'un côté par le ressac, de l'autre par d'exubérantes jacinthes, qui file tout droit sous de hauts cocotiers. Longue allée cavalière presque déserte, à l'abandon, qui pourrait bien conduire aux retraites de quelque ogre déchu. Les jours de bourrasque, il faut voir les noix tomber en grêle de vingt mètres, éclater au sol comme des biscayens, crever le toit palmé des charrettes ou assommer le passant qui n'a pas retroussé son sarong jusqu'aux hanches pour prendre ses jambes à son cou. L'accalmie revenue, la route est jonchée de coques ouvertes aussitôt curées par un peuple de crabes éperdument mobiles et voraces qui zèbrent le chemin de trajets obliques ou qui, dressés sur leurs pattes, font mine de vous interdire le passage. Bien avant d'atteindre le village on aperçoit l'arbre gigantesque sous lequel il s'abrite presque entièrement. C'est un banian seigneurial dont la cime dépasse de cinquante coudées celle des plus hauts cocotiers. Au-dessus une colonne noire qui tournoie mollement se défait, se rassemble dans une rumeur confuse et que j'ai prise de loin pour un vol de corbeaux. Ce sont les vampires qui quittent en troupe l'arbre où ils ont dormi la journée, suspendus la tête en bas, leurs oreilles triangulaires pointées vers le sol. Quand je suis arrivé il n'y avait plus que quelques-uns de ces fruits sombres dans les basses branches, qui dépliaient délicatement leurs ailes en découvrant des ventres soyeux de catins bien bourriquées, prenaient l'air et montaient en spirale rejoindre ce sabbat vespéral. Sous ce noir parasol le village reposait dans une lumière filtrée. Deux ruelles, une place donnant sur la grève où les barques à balancier étaient déjà tirées pour la nuit et quelques éventaires momentanément délaissés dont les balances de laiton tintaient inexplicablement dans l'air immobile. Entre les échoppes, accroupis autour d'un billot de boucher bourdonnant de mouches, une demi-douzaine de gaillards grisonnants fumaient en silence. Je les ai salués en passant sans en tirer un mot ni un regard et suis allé m'étendre sur la plage, le menton dans les mains, à regarder la place. Vu encore un de ces bonzes mendiants dont on connaît l'effronterie et le culot s'approcher du groupe en agitant sa clochette, l'examiner et poursuivre son chemin comme un mauvais chien passe au large d'autres chiens plus mauvais que lui. La route m'avait fatigué et j'ai dormi un instant. Quand je me suis réveillé la mer avait tourné à l'étain ; les vampires rompaient leur vol circulaire et s'égaillaient dans les quatre directions de l'espace. Le crépuscule débordait de beauté sournoise et fastueuse. Les six compères tisonnaient mollement le feu qu'ils venaient d'allumer. La flamme faisait briller le blanc des yeux dans les visages sombres. J'entendais leurs voix étouffées en me disant que j'aurais avantage à ne pas traîner ici. Comme je me relevais j'ai senti une main de la taille d'un battoir me pousser dans le dos, ai fait deux pas en titubant et me suis étalé sur la grève. Je me suis retourné les dents crissantes de sable. Bien sûr que je n'ai vu personne, rien qu'une grande raie tachetée de bleu sombre encore prise aux filets, qui achevait d'étouffer dans une puanteur abominable. Faire chuter à distance un gêneur ou un intrus est un tour des plus communs que les illusionnistes pratiquent depuis toujours dans le subcontinent. Surtout les jours de marché quand la victime croule sous le poids de ses emplettes. C'était tout de même un coup de semonce. Lorsque votre présence n'est pas souhaitée, il existe ici plus d'une façon de vous le faire savoir. Celle-ci, et d'autres plus radicales dont je n'avais aucune envie de faire les frais. La nuit était tombée. J'ai longé la plage et repris la route de Galle en me retournant sur le bruit de mes propres pas beaucoup plus souvent qu'il n'aurait convenu.

Le récit de mon passage à M... et de l'accueil qu'on m'y avait réservé m'a valu, à mon auberge, un regain de considération dont j'avais bien besoin. Pour ranimer des conversations qui s'alanguissaient j'avais trouvé un sujet, un fameux même. Les manigances occultes, c'était leur marotte, à mes amis. La crainte que leur inspirait ce petit bourg recuit de sel et de soleil se débondait, à l'heure où l'arak répandu colle les quarts de laiton à la table souillée, en doléances crépusculaires, en récits de périls évités de justesse. Même mes trotskistes de l'« Oriental Patissery » se montrèrent intarissables sur les méfaits et les pouvoirs de ces voisins auxquels il suffisait — ils s'en portaient garants — «d'étendre un doigt pour toucher la lune». C'est ce soir-là qu'ils me demandèrent ce que nous avions dans mon pays en fait de «jadoo» (magie noire ou blanche). J'étais à quia, j'ai bredouillé… «Chez nous, les souliers qu'on n'a pas payés craquent… Les sorcières volent en enfourchant des balais.» Ce qui leur a évidemment paru mince et, de plus, peu judicieux. Pourquoi s'encombrer d'un balai alors qu'il suffit ici de murmurer un «mantra» pour fendre la nuit comme une étincelle. C'est cet esprit mécaniste et utilitaire qui aveugle et appauvrit l'Occident depuis Archimède et Léonard. On est d'avis ici qu'en inventant la brouette ou le cabestan, nous avons perdu de la force psychique et qu'après la machine à vapeur il ne nous est plus rien resté. Quant à la timide protestation des souliers… Ici, les pieds du voleur auraient pourri dans ses sandales avant même qu'il ait tourné le coin.

XII

Au théâtre ce soir

La dernière averse nocturne a été tranchée comme par un coup de faux. La mer est aplatie. Mon balcon s'égoutte. La ville qui fume est retournée à son mauvais sommeil et ses odeurs m'atteignent par bouffées comme le souffle d'un dormeur. La citronnelle, les morues séchées de l'épicerie, la fade pestilence des latrines dans ma cour, où les araignées font un bruyant festin de cancrelats. Dans les silences que ménage la houle, il suffit de tendre l'oreille pour entendre craquer la chitine.

Pas la moindre ombre ni la plus furtive épave d'idée. La journée n'a pas voulu de moi. Je n'ai pas pu lui arracher une miette et j'ai pourtant la tête dolente et chaude. Si mes jambes me portaient j'irais sur les bastions pour profiter de cette fraîcheur éphémère. Je sais que dans mon dos les ruelles du Fort ont retrouvé comme chaque nuit cette beauté de pavane maléfique qui m'avait si bien séduit au début. Il est vrai que pour le lampion trouble de la Croix-du-Sud et le velouté des couleurs qui se reposent en secret dans le noir nous sommes vraiment gâtés ici. Je ne m'y laisse plus prendre. J'ai assez d'ombres dans ma tête, et ce cinéma funèbre et sans objet c'est vraiment trop pour un seul spectateur, surtout fragile comme je suis devenu. J'aimerais tout de même savoir ce qui se trame à mes dépens, et d'où vient le mauvais entêtement qui me retient ici. Autour de moi la nuit est pleine de licornes de pierre affrontées et, sur les bastions, d'ancres rouillées aux armes d'Orange, si lourdes qu'on laissera aux jacinthes le soin de les enterrer. Me voilà, une flaque de sueur sous chaque coude, à soliloquer dans ce théâtre vide — où le monologue ne fera jamais le poids — en regardant sans la voir la tête de raie qui mitonne sur mon primus bleu. Inconcevable qu'il ne se soit trouvé personne pour écrire un répertoire digne de ce Palladio équatorial, qu'on n'ait pas donné la tragédie ou l'opéra sur ces vieux glacis bataves tondus par les chevrettes, que les chapeaux à plumes n'aient pas balayé la poussière pour honorer Desdémone ou Cressida! Et devant le ciel le plus cabotin de la planète, avec des effets et édifices de nuages qui feraient passer Véronèse et son atelier pour des fainéants! Je veux qu'on me joue la pièce au lieu de m'étourdir avec le décor, avec cette alternance d'arômes, de pestilences, de solitude et d'attente. Ces négociants apoplectiques pour lesquels Frans Hals dépensa tant de vermillon avaient pourtant leurs écrivains à gages. Mais non! rien. Plus de programme. Le régisseur a dû être emporté par les fièvres, les acteurs envoyés par le fond sur un vaisseau de la «Oost indische Companiee» avec leurs coffres bourrés de masques, flamberges, toges ou mantilles. Toute cette friperie rongée par le sel se libérant en grappes de bulles argentées et les mérous, tout ahuris qu'ils soient, rêvant soudain cambrure d'un petit pied, dagues effilées, noble invective. À peine est-il surgi que mon théâtre a disparu. Relâche. Je reste seul, roi de carton de ce peuple aux hanches étroites, drapées serré dans leur sarong, qui parcourt mes rues à petits pas comptés, d'énormes fruits cuirassés en équilibre sur la tête. Anciens figurants? machinistes? la grève doit durer depuis si longtemps qu'on en a perdu la mémoire. Mon balcon s'égoutte; je rêve. C'est juste un peu d'Europe et de jeunesse qui passent.

Ne comptez en tout cas plus sur moi pour vous fournir un scénario. Tout ce qu'on introduit dans ce décor s'y dégrade à une allure alarmante. Une fermentation continuelle décompose les formes pour en fabriquer d'autres encore plus fugaces et compliquées, et les idées connaissent forcément le même sort. Comment tenir son cap à travers ces métamorphoses? Mon esprit m'échappe de plus en plus souvent. Rien à quoi s'accrocher : pas de saisons, la poste paralysée par un conflit syndical… et quant à mes futiles voisins ! Aux premiers jours de la mousson il y a eu comme un semblant de réveil ; je les ai vus se réunir à plus d'une reprise, se concerter les yeux brillants avec une vivacité de bonne augure, s'énerver même un peu pour… lancer un cerf-volant grand comme un autobus. C'était donc ça ? Puis les regards se sont éteints, ils ont repris leurs interminables siestes sur la véranda, à se gratter l'entrejambe en feuilletant leurs vieux magazines en haillons. Tout est retombé. Sauf ce grand papillon amarré haut dans le ciel par le vent d'Ouest et dont nous verrons pour quelques semaines vibrer les gracieux ocelles.

XIII

D'un plus petit que soi…

« Va voir la fourmi, paresseux, et inspire-toi de ses œuvres. »

Proverbes, VI, 6.

Pour les exécutions fignolées, les besognes menées à chef, l'esprit de suite, les sobres massacres et les travaux de génie civil à côté desquels le Louvre est un simple pâté, prière ici de s'adresser aux insectes. Mon Île mérite certes des reproches, mais une reine termite y peut atteindre cent ans et mettre au monde trente mille sujets par jour. Trouvez-moi un Bourbon ou un Grimaldi qui en ferait autant. Quant à l'action militante, au dévouement à la Cause, pas un de mes trotskistes ne pourrait s'aligner. Seule une longue fréquentation de ce petit monde quand je suis immobile sur ma chaise à m'expliquer avec la fièvre ou les souvenirs, me permet d'être aussi péremptoire. Malgré quelques morsures et tous les tracas que ces forcenés me

111

valent, l'acharnement qui gouverne la moindre de leurs entreprises m'inspire une sorte de respect.

Termes nocturnis
Termes obscuriceps
Termes taprobanis
Termes monoceros dont les soldats
ont en guise de tête
une seringue à poison si volumineuse
qu'elle les fait tituber
comme les ivrognes des poèmes T'ang
Termes convulsionnaires dont les colonies
sont en certaines occasions solennelles
frappées par la danse de Saint-Guy
Utriusque Indiae calamitas summa
vous êtes le plus ancien ornement de mon île
son orgueil et son plus grand souci
Et vous autres lilliputiens
couverts de corne et de chitine
dîner de têtes
conçu par un Arcimboldo dément
tueurs sans palabres ni gaspillage
sans champ d'honneur ni fleur au fusil
dynasties emportées en une nuit de carnage
pour je ne sais quel obscur projet collectif
que puis-je encore apprendre
à votre noire école ?
menus fourrageurs de vie
dans vos cathédrales d'argile

ne m'oubliez pas
dans vos messes minuscules
dans le chant inquiet des élytres
priez pour moi.

De tous mes pensionnaires, le cancrelat est le plus inoffensif et le plus irritant. Le cancrelat est un vaurien. Il n'a aucune tenue dans ce monde ni dans l'autre. Plutôt qu'une créature c'est un brouillon. Depuis le pliocène il n'a rien fait pour s'améliorer. Ne parlons pas de sa couleur de tabac chiqué pour laquelle la nature ne s'était vraiment pas mise en frais. Mais ces évolutions erratiques, sans aucun projet décelable ! ce port de casque subalterne et furtif, cette couardise au moment du trépas ! Voilà pourtant longtemps que je ne les écrase plus, à cause des fossoyeurs de toutes sortes, autrement dangereux, que ces dépouilles m'amènent. J'en reconnais même quelques-uns, parmi les plus sales et les plus négligés — un léger clopinement, une aile rongée — auxquels j'ai donné des sobriquets affectueux mais dérisoires. Leur étourderie, souvent mortelle, me fait même sourire aujourd'hui. Leurs trajets sur ma table ou autour de ma chaise sont marqués par un affolement tel qu'il les fait parfois culbuter. D'un cancrelat sur le dos, autant dire qu'il est perdu et qu'il le sait. Il faut voir alors cet abdomen palpitant offert à la vigilance de tous les dards, pinces, mandibules, appétits qui mettent tant d'animation dans ce logis; le battement des pattes qui télégraphient de mélancoliques adieux, la panique convulsive des antennes alertées par le frôlement d'un rôdeur qui s'approche ou par le vol irrité de la guêpe ichneumon qui cherche justement un garde-manger pour y pondre ses œufs. Il y a plus de monde qu'on ne l'imagine dans cette chambre où je me sens pourtant si seul et le cancrelat — Dieu soit loué — n'y compte pas que des amis. La vie des insectes ressemble en ceci à la nôtre : on n'y a pas plutôt fait connaissance qu'il y a déjà un vainqueur et un vaincu.

XIV

Hommage à Fleming

Coup de cafard. Ce matin, sur le chemin du marché, je me suis surpris à parler tout seul — ne me demandez plus de quoi — suivi et singé par une douzaine de galopins tenaces que je n'ai même plus la force d'engueuler. D'ailleurs cela se gâte. Cent roupies que j'avais planquées au fond de mon sac se sont évaporées comme par magie et, tout à l'heure, comme je tentais de rameuter les idées qui tournoient au fond de ma tête, grand remue-ménage et bruyantes agonies dans les retraites vermoulues de mon plafond. Cinq gouttes de sang sont venues s'étoiler sur la feuille blanche qui attendait mon bon plaisir. Quels comptes se règlent encore là-haut? Il y a du louche, je vous le dis. Quelques piaillements encore, décroissants puis, portée par le silence, l'odeur de l'opium que mes voisins fument en cachette comme des gamins.

Hier l'inspecteur du lait qui habite la chambre

voisine — on ne trouve ici que du lait en poudre, il n'inspecte donc rien — est venu me proposer d'aller ensemble trouver des femmes dans une gargote des collines qu'on lui a recommandée. L'inspecteur qui a l'âge de mon père est consumé par une rêverie érotique qui ne lui laisse pas de répit. À en croire les courbes que, pour me convaincre, ses petites mains traçaient dans l'air humide, ces enchanteresses rappelleraient un peu les grandes fourmis Ponérines, tailles étranglées, corselets bien garnis, fortes hanches, cuisses musclées, mâchoires d'ogresses. Pour cette sortie il avait retouché à l'encre violette ses souliers éculés et passé un pantalon de tennis à fines rayures bleues qui poche aux genoux. «*Dans cette ville*, dit la plus vieille chronique de l'Île, *il n'y avait de durs que les seins des jeunes femmes, d'ondoyants que leurs regards, de courbes que leurs sourcils, de ténébreuses que leurs nuits*». L'inspecteur a les yeux injectés par l'arak qu'il a bu la veille. Je sais bien qu'il s'agit de pauvres filles édentées, humiliées, peut-être malades ou qui n'existent que dans son imagination. Tout de même je m'emballe. Je rêve d'yeux bordés de khôl, de voix chaudes comme des tisons contre mon oreille, de fesses de santal patinées par mille paumes rêveuses, d'une touffe brillante comme du crin, honnêtement bombée et fendue. Voilà trop longtemps que je vis seul et s'il faut retourner chez les hommes pourquoi pas par ce chemin-là ? J'ai accepté. J'étais lassé aussi du spectacle de mes insectes qui s'épousent ou se dévorent sans trêve. La familiarité quotidienne de ce microcosme n'est pas sans vertige ni danger et ces interlocuteurs qui gesticulent perchés sur l'ongle de mon pouce ou que j'agace du bout de mon crayon finissent par me donner les étours. Donc assez d'entomologie sauvage : assez d'idées-nymphes épinglées sur mon mur bleu ou en train de germer comme des pois dans ma tête malade. Buffon devait bien, à l'occasion, croquer une marquise, et Fabre culbuter la bonne ! Non ? Trois hourras pour Fleming et hardi les tréponèmes ! Nous sommes partis comme des bravaches à la nuit tombée mais il s'est perdu sur le chemin de ce coupe-gorge. Nous avons interminablement tourné en rond dans les collines où la pluie noyait les chemins et bientôt son carburateur. Rentrés en poussant la voiture, trempés, dépités, bredouilles. Les clients de l'auberge en ont fait des gorges chaudes. Il fallait les voir vautrés dans leurs fauteuils dont le rotin défait s'échappe en pelottes, pagayant vers l'ivresse, le visage fendu jusqu'à l'os par un rictus sans objet, pouffant à propos de bottes, se querellant avec des voix de castrats, me chevrotant cajoleries ou insultes comme toujours lorsque l'alcool les enhardit. Le plus saoul est même allé chercher une machette rouillée dont il m'a menacé. S'ils m'en veulent tant, c'est qu'ils savent qu'un jour je partirai d'ici et qu'ils y resteront. Il avait trop bu pour être dangereux ; je lui ai malgré tout balancé une bonne claque. L'aubergiste en a profité pour lui prendre son coupe-choux en le morigénant. Dieu sait que je ne suis pas venu ici pour distribuer des taloches et que la violence — la mienne comme celle des autres — m'a toujours fait peur. Mais si je n'avais pas réagi, cette hostilité larvée que je sens autour de moi aurait pu prendre un tour inattendu et certainement déplaisant.

Depuis deux semaines d'ailleurs, mes collègues ont trouvé une autre victime à laquelle il est plus aisé de s'en prendre. C'est un vieillard toujours ivre, squelettique, tanguant dans des shorts immenses. À force de s'esquinter en tombant, il n'a pratiquement plus de peau sur les genoux. En matière de déchéance, ce vieux cheval couronné est un véritable artiste. L'excellent anglais, corsé d'un humour sinistre et tonique, qu'il parle dans ses rares instants de lucidité, laisse supposer qu'ailleurs et autrefois il a mené une existence moins basse et humiliée. Aujourd'hui, force est de reconnaître qu'il passe le plus clair de son temps à pleurer en regardant la mer, les deux mains accrochées à la balustrade de la véranda, et toute notre fragile bâtisse tremble chaque fois qu'un sanglot lui secoue les épaules. Ce qui fait ricaner derrière leur éventail de cartes les nigauds de mon auberge. Le chagrin des autres est une distraction qui n'a jamais rien coûté. Si j'ai bien compris les confidences hoquetantes qu'il m'a faites l'autre jour, il y aurait à l'origine de ses déboires une pendule d'écaille hollandaise qu'il a dérobée à sa femme pour la donner à son gendre contre la promesse qu'ils l'emmèneraient avec eux vivre en Australie. Ils sont partis sans lui, bien sûr, et je les comprends. Depuis ce larcin, il n'ose plus retourner chez lui et préfère boire ici sa minuscule pension. Ou alors il faudrait que je l'accompagne car il me témoigne une estime qu'il refuse à ses tourmenteurs. Il sait que je le comprends; peut-être a-t-il lu dans mes yeux qu'un jour je finirais comme lui. «Honour my ugly wife by visiting my ugly house» m'a-t-il dit l'autre jour en esquissant une courbette qui lui a valu de chuter et de s'écorcher une fois de plus. Ce vieillard a au moins, sur les spectres qui vivent ici, l'avantage de savoir ce qui le ronge : cette pendule donc, et pas plus d'Australie que sur ma main. Il faut bien trouver un nom pour les coups bas et trahisons que la vie nous réserve, donner en somme une forme à son malheur. Problème dont j'ai jusqu'ici négligé l'importance. Par moments c'est à se demander si ce n'est pas expressément pour cela que nous sommes tous ici. Son côté écharpé et clos d'équarrissage donne en tout cas un peu de consistance au théâtre d'ombres dans lequel nous vivons. Le désespoir c'est tout de même mieux que rien du tout, c'est palpable et tenace, plus que la joie qui ne dure jamais plus qu'on en peut supporter. Quand je sors, c'est bien rare que je ne le trouve pas à son poste de vigie, les yeux sur la mer, comme si pleurer pouvait rapprocher les continents.

La brise du large fait claquer comme des drapeaux ses culottes trop grandes et lui sèche un peu ses larmes. Moi aussi, vite, en passant, avec son mouchoir sale que je remets ensuite en boule dans sa poche. Dans un silence complice qui vaut toutes les conversations que je pourrais avoir ici. Et d'ailleurs, qu'aurais-je à lui dire ? Il est au bout de son voyage, je commence à peine le mien. Il a bien raison de pleurer. Arak, arak, qui est heureux dans cette petite ville ?

XV

Circé

« *Le buffle assommé retient mal sa leçon* » dit l'épicière chaque fois qu'un des vieillards d'Indigo Street quitte sa boutique, puis elle soulève le menton pour prendre le Ciel à témoin, le repose sur sa formidable poitrine et soupire comme une outre vide. Ce dicton fait sans doute allusion aux méfaits du soleil mais surtout, pour elle, à sa clientèle cinghalaise de petits mangeurs indécis qui tripotent la marchandise, barguignent sur le poids d'un œuf, qu'elle considère comme des minables et qui le lui rendent bien. Le mépris est un des rares sentiments que la chaleur attise et il y en a assez dans ce petit quartier pour faire tourner le monde.

C'est l'épicière, et son échoppe fait l'angle de la rue et d'une venelle qui débouche sur le bastion d'Éole. Pour entrer, on écarte du front une frange de bonites séchées suspendues au linteau et qui sentent, j'en conviens, carrément le derrière. À l'intérieur, d'autres odeurs : cannelle, girofle, café frais moulu font oublier la première et c'est, de toute l'île, l'endroit où je me sens le mieux. Les murs sont tapissés de bidons poisseux et dorés, mélasse ou huile de palme. Le tabac à chiquer pend en lourdes tresses noires sur les pyramides d'œufs conchiés par les mouches et les régimes de bananes accrochés aux murs bleus flamboient comme des lampions. Sans oublier les boîtes à thé «Au Soleil Levant» datant du Japon militaire, le bocal de sucres d'orge coloriés en spirales et les pains de sucre enveloppés de fort papier havane, que l'épicière fracasse avec un petit marteau à bec, très musical.

Elle, colossale, noire de peau dans un sari blanc qui irradie, siège au cœur de ses possessions, le front bas perlé de sueur, assise sur un sac de lentilles derrière une balance romaine. En étendant les bras ou en s'aidant d'un bâton terminé par un croc, elle vous sert sans quitter sa place et comme elle ne bouge presque pas, sa vitalité lui monte au visage et sur l'encolure par une quantité de grains de beauté sur lesquels le poil frise. L'œil est noir, souvent mutin. Je préfère cent fois la société enjouée de cette grosse laie à celle de tous les zombies de ma rue tellement consumés en arcanes et mités d'irréalité qu'ils en ont oublié jusqu'au bruit d'un pet.

Il faut dire aussi qu'à côté de la beauté spectrale et déglinguée du Fort, toute en trompe-l'œil ambigus qui ne peuvent qu'inciter au naufrage, rien n'est plus rassurant qu'un petit fond de commerce tenu avec l'âpreté qui convient par une commère de cette envergure. J'y donnerais sans marchander une roupie rien que pour l'ombre, tant elle est savoureuse, avec ce grain presque pondérable qui me rappelle les bazars du Nord afghan.

« Salaam Aleikhum. » La porte une fois franchie, je me passe un mouchoir sur le front, je compte sur mes doigts, je fais tinter les bidons d'une chiquenaude, ma paume caresse des sacs ventrus. J'ai aussi le mien où m'asseoir et, quand l'humeur s'y prête, je commande une mesure d'arak qu'elle verse dans deux guindeaux d'émail et que nous buvons en silence, le dos calé contre des estagnons qu'aucune illusion n'escamote. Cette échoppe est au contraire si chargée de matérialité bénéfique que je m'étonne à chaque fois de ne pas la voir s'enfoncer comme un boulet dans le sol de cette île chimérique.

Un peu de temps passe à rêvasser ainsi, à remuer l'alcool tiède sur la langue avec quelques soupirs d'aise qui nous tiennent lieu de conversation. Il me suffit de fermer les yeux pour voir Robinson en chapeau de poil de chèvre quitter la boutique avec ses emplettes — chandelles de suif et poudre noire —, Vendredi sur ses talons.

Je les rouvre ; les a-t-elle vus comme moi ?

Un sourire de jeune fille découvre ses dents formidables, son visage de gargouille est nimbé d'une lumière très belle, presque noire. Ses paupières mi-closes laissent filtrer un regard où je trouve plus de connivence — un fil de compassion aussi — que je n'osais en espérer ici. Que je ressens sans me l'expliquer. Comme si elle cherchait à me refiler au-delà des mots un « sésame » venu de très loin. On pense ici que ces alliances spontanées sont l'effet d'un karma révolu. Nous sommes-nous connus à l'époque des Empires maritimes où « les seuls objets froids de cette ville étaient la perle, le santal et la lune » ? Avons-nous partagé une couche royale ? L'aubergiste aurait-il raison lorsqu'il me dit que même en écarquillant les yeux je traverse la vie comme un aveugle ?

Parce qu'elle est tamoule et musulmane, à cause aussi de cet embonpoint qui l'immobilise, l'épicière est en butte aux tracasseries d'une douzaine de galopins qui viennent se faire des peurs en la narguant jusque sur son seuil, ou en tirant la queue de sa chevrette qui passe la journée attachée à un pieu juste devant la porte. Les mêmes qui, depuis mon arrivée ici, me suivent à cloche-pied en nasillant « Mister-what's-your-name, Mister what's-your-country ? ». Ce sont certainement leurs parents qui les envoient, et leur précoce et sotte mesquinerie prouve qu'ils sont en tout point dignes de leur succéder. Il en faudrait plus pour ébranler l'épicière qui les traite exactement comme des mouches à merde. Lorsqu'elle est d'humeur clémente, elle se contente de les engueuler avec une volubilité démente — un roulement de tambour paraît lent à côté du cinghalais — qui toujours m'émerveille. Quand sa patience est courte ou quand la chèvre se plaint, elle harponne avec son crochet la culotte d'un de ses tourmenteurs et, sans seulement soulever une fesse, l'attire à elle et lui tord le nez jusqu'à ce que les larmes giclent et que le sang pisse. Hurlements du supplicié, galopade éperdue, silence où l'on entend murmurer la mer toute proche. Moi qui ai déjà vainement usé mes paumes à talocher ces teigneux, j'assiste sans broncher — mais non sans plaisir — à ces remises au pas. Elle m'adresse un clin d'œil, prend le temps qu'il faut pour se lever, balaie en même temps que le sable fin qui envahit constamment son comptoir l'empreinte zigzagante et sanglante de vingt petits pieds nus, et prépare deux chiques de bétel que nous ruminons et crachons à longs jets sans jamais manquer l'embrasure de la porte.

Dans cette rue où tout périclite et s'éteint, sa verdeur, sa corpulence, la prospérité de son petit négoce ont l'allure d'une provocation. Provocation tamoule de surcroît!

Les tamouls qui ont maintes fois occupé le

Nord de l'île, construit des citernes et connu quelques dynasties célèbres pour leur bonne administration, n'ont certes pas inventé le Ciel, mais ils ont toujours célébré et utilisé la redoutable opiniâtreté féminine, exalté le ciment familial et cultivé des vertus pratiques et pot-au-feu qui ont fait le succès de leurs entreprises de Zanzibar à Penang. Comme les Élisabéthains, ils ont su marier la passion du profit à une poésie sanguine et véhémente. Magie du troc et des épices. Songes de doublons ou de perles fines à coffres renversés sur le tillac des navires. Pas une de leurs chroniques où l'on n'en trouve l'éloge, où la richesse des entrepôts, le tour de main des lapidaires, la sagacité des savetiers ou des maquignons — qui épousent la fille du roi — ne soient évoqués avec le lyrisme qu'on réserve ordinairement aux amours des hommes et aux étreintes des dieux. Ces vieux sortilèges mercantiles ont conservé tout leur pouvoir ici où les guirlandes de piments, les bottes de cigares noués d'un fil rouge, les briquets à amadou attachés en grappes par leurs mèches mouchetées de noir et de vert, obéissent à une sorte d'agencement musical.

À l'avantage d'être tamoule, l'épicière ajoute celui d'être musulmane. Avant qu'Albuquerque n'envoie par le fond leurs boutres pleins de fantômes vengeurs, les Arabes ont longtemps razzié la côte ouest de mon île, tuant, violant, convertissant parfois ces civaïstes noirs comme l'enfer. Si l'épicière pèse juste, compte juste et sait donner libéralement quand les circonstances le recommandent, c'est aussi à Mahomet qu'elle le doit. Le judéo-christianisme et l'islam qui installent à l'exacte verticale des échoppes un Dieu unique, sourcilleux et jaloux, favorisent incontestablement le commerce. Pas l'hindouisme ni le bouddhisme. Quand le boutiquier abandonne sans crier gare sa recette et sa famille pour aller méditer, disons deux ans, dans la montagne, il est bien rare qu'il retrouve quelque chose en rentrant. Quand le temps est cyclique et non plus linéaire, à quoi bon tenir ses livres et fignoler son bilan ! Quand le tiroir-caisse, illusion pernicieuse, est frappé d'irréalité, on ne peut nier que les affaires en pâtissent. L'épicière elle, empile, astique et dispose des marchandises dont l'existence ne souffre aucune contestation. Ceux qui s'y attaqueraient — et certains y songent, par maléfices ou rongeurs interposés — n'auraient probablement pas le dessus. Car comme chacun ici elle est un peu magicienne, mais sans cet emportement et cette fébrilité déraisonnable qui est une des faiblesses de la ville. Juste ce qu'il faut pour parer les coups et défendre ses intérêts. Qu'une partie, il est vrai modeste, de sa clientèle vienne de l'outre-monde n'a rien pour m'étonner. Je lui fais assez confiance pour penser qu'il s'agit d'Esprits parfaitement corrects, espiègles, capables à l'occasion de rendre de menus services et bien différents des lémures qui empoisonnent tant d'autres commerces de la ville où on les devine, accrochés dans l'ombre comme des morpions. À ma dernière visite, alors que la torpeur me reprenait et qu'elle avait le dos tourné, un djinn haut comme une botte et tout ébouriffé est sorti de terre juste entre mes jambes dans un grondement de tonnerre, s'est saisi d'un bocal de pickles et a disparu par le même chemin après un bref salut. Pendant que le sol se refermait et que je me demandais si j'avais la berlue, elle remplaçait sans broncher sur l'étagère l'article qui venait de s'évaporer et traçait sur son petit tableau noir une coche dans la colonne réservée à cet habitué.

Grosse, saine, riche, encore ardente : il n'en faut pas plus pour que la jalousie et les langues aillent bon train. Ainsi mon aubergiste l'accuse de s'être débarrassée de son époux — un fainéant, un médiocre qu'il ne défend que mollement — par des moyens discutables (on sait ce que cela veut dire ici) et se dérobe lorsque je cherche à en savoir plus long. Dans le matriarcat tamoul du continent, il suffisait de mettre trois fois devant la porte les babouches du mari qu'on voulait congédier. Cette coutume n'a jamais prévalu ici. Le fait est que je n'ai vu ni au bazar ni à la boutique ce personnage dont j'entends cependant sans cesse parler. J'ai l'impression que par quelque opération réductrice elle a dû enfermer ou ranger ce fâcheux quelque part. Pour qu'il cesse de la discréditer par des ragots sans fondement. Peut-être dans cette boîte à biscuits indigo, sur la dernière étagère, qu'elle surveille parfois du coin de l'œil et dont j'entends monter — mais la quinine me fait bourdonner les oreilles — comme le grincement d'un grillon furibond. Ou que ramené à l'état d'homoncule, il fulmine et gesticule à son aise sous son gigantesque séant. Chez un des termites de notre Île (Euternes fatalis) qui est précisément en train de réduire mon auberge en farine, la reine est trente mille fois plus volumineuse que le roi, installé à vie comme un concierge à l'orée de sa vulve. Je ne puis donc écarter cette hypothèse sans m'être véritablement informé. La prochaine fois qu'elle quittera son sac-fauteuil j'irai discrètement voir si ce gringalet ne court pas, le poing levé, dans les plis creusés par ce formidable fessier. Je serais ravi de tenir cet avorton entre le pouce et l'index et lui dire tout le mal que je pense de ses manigances. Blattes, bousiers, scorpions, scolopendres : j'ai l'habitude de ces changements d'échelle et de ces minuscules interlocuteurs. Je ne cache pas non plus mes sympathies. Cette femelle colossale me plaît, sans illusion. Pour les élans du cœur et les mari-

129

vaudages, l'épicière a un poisson-scorpion qui tournoie dans un bocal à concombres joliment aménagé avec du corail, du sable fin, et posé au coin du comptoir. Elle le nourrit de miettes de cassonade, de mouches qu'elle écrase, d'un peu de pain. C'est un jeune mâle en belle santé qui virevolte à la moindre agacerie en déployant un parasol de piquants venimeux tachetés de sépia. Lorsqu'elle se croit seule, elle colle son visage contre le verre et lui fait des grimaces auxquelles il répond par d'élégants frémissements. J'ai plusieurs fois surpris ce manège, en retenant mon souffle avant de me retirer sur la pointe des pieds, jaloux comme un barbon. La place est donc prise, mais il n'est pas interdit de rêver. Si jamais elle me surprenait à l'épier ainsi, peut-être qu'elle me la donnerait, sa mascotte…

… Vous n'imaginez pas comme ma vie ici peut être fatigante. Cette observation toujours à cheval entre le réel et l'occulte me tue. Ma tête se rebiffe à s'ouvrir et me fait mal. Souvent je pleure sans savoir pourquoi. Les postiers me perdent crânement ces lettres d'Europe dont j'ai autant besoin que de sang. J'en reste donc à la dernière où vous me dites que ce séjour ne me vaut rien, que l'Île est en train de me brûler les nerfs et qu'on ne peut faire façon de ce que je vous adresse, que le lecteur occidental n'est pas préparé. Je veux bien, mais je voyage pour apprendre et personne ne m'avait appris ce que je découvre ici.

XVI

Padre

À force d'avoir été rechargée, ma théière débordait d'une pâtée de brins noirs et mousseux. Le thé qui est la grande affaire de mon Île est aussi la meilleure arme qu'elle nous fournit contre ses propres maléfices. Le thé aiguise à mesure ce que la torpeur et la langueur émoussent. Sa claire amertume suggère toujours un pas de plus vers la transparence, et que notre esprit est encore emmailloté de chiffons comme les pieds des gueux d'autrefois.

J'avais passé ma journée à ravauder des lambeaux de souvenirs anatoliens et d'érudition hittite pour une revue de la capitale dont la compassion et les honoraires me permettaient de survivre ici. Sans décrocher. Derrière mes paupières, j'avais revu l'automne à Bogasköy, la gelée blanche sur le trèfle et la ribambelle de dignitaires mitrés, l'œil rond et le nez en goutte, sculptés trois mille ans plus tôt sur les rocs qui entourent le village. Et entre les ongles noirs du gardien des ruines, ces tablettes finement estampées de cunéiformes qui précisent, par exemple, l'amende infligée au voleur de miel : cinq coups de bâton, un couffin de noix, un couffin de nèfles. Édits d'une bonhomie champêtre à côté desquels le talion, le lévitique et les codes assyriens sonnent comme de méchantes boîtes de clous. Fixer ces images revenues de loin avant qu'elles ne s'évaporent dans cette étuve. Retrouver ces vieux rythmes salubres, ces anciennes complicités à odeur d'humus que l'on perçoit sans se les expliquer et qui sont la fraîcheur même — plus c'est ancien et plus c'est frais — agencer des formes et des formules pour conjurer tout l'informe qui m'entourait ici. Serrer sur le motif, ici et là débusquer le mot juste, ferrer comme une truite un instant de liberté. Cela m'avait valu quelques taches vertes de candeur turque sur le bleu Ming de mes murs lézardés.

J'avais beau faire, la chaleur finissait toujours par l'emporter. Venait l'heure où le Bouddha de ma commode touché par le soleil couchant s'allumait d'un rouge alcoolique et se mettait à rigoler franchement de mes entreprises. L'heure où quelque chose se rompait dans ma tête pendant que les peuples nichés dans mes poutres vermoulues préparaient à grand remue-ménage leurs campagnes nocturnes. Leur journée commençait ; la mienne était finie. Je regardais sans les voir les feuilles couvertes de lignes crochues, de

flèches, de mots cerclés de rouge, de renvois zig-
zagants : exorcismes mineurs contre la grande
déroute vespérale dont je sortais chaque jour plus
étrillé. Il fallait quitter la chambre et rejoindre la
nuit. Je traversais le Fort, puis le marché, le cœur
à rien, poussant du pied les fruits pourris tombés
entre les éventaires. Une fois sorti de ville, je lon-
geais la côte qui descend vers la pointe de l'Île
comptant que la fatigue vienne à bout du fouillis
qui poussait sans propos dans ma tête et me livre
tout emballé au sommeil. Une demi-heure jusqu'à la plage où, les premières semaines, j'allais
nager chaque matin. Large diadème de sable
sous les étoiles troubles. La mer comme une jatte
de lait paresseusement balancée. Je m'endormais
presque à faire la planche, ramené à moi quand
un creux de houle me dégageait les oreilles par
la chute étouffée d'une noix de coco ou le trot
attardé de deux pieds nus sur la route en dessus.
Retour sur la plage où tout un fretin de bêtes ago-
nisantes rejetées des filets tressaillaient encore de
venin. La joue contre le ventre d'une pirogue à
balancier je tirais sur ma cigarette en regardant le
pinceau du phare s'égarer vers le Sud jusqu'à
l'Antarctique. Penser à ces étendues où des ciels
entiers pouvaient se défaire en averses sans que
personne, jamais, en fût informé, me donnait
comme un creux dont je me serais bien passé,
déjà tout vidé que j'étais. Si c'était la solitude que
j'étais venu chercher ici, j'avais bien choisi mon

135

Île. À mesure que je perdais pied, j'avais appris à l'aménager en astiquant ma mémoire. J'avais dans la tête assez de lieux, d'instants, de visages pour me tenir compagnie, meubler le miroir de la mer et m'alléger par leur présence fictive du poids de la journée. Cette nuit-là, je m'aperçus avec une panique indicible que mon cinéma ne fonctionnait plus. Presque personne au rendez-vous, ou alors des ombres floues, écornées, plaintives. Les voix et les odeurs s'étaient fait la paire. Quelque chose au fil de la journée les avait mises à sac pendant que je m'échinais. Mon magot s'évaporait en douce. Ma seule fortune décampait et, derrière cette débandade, je voyais venir le moment où il ne resterait rien que des peurs, plus même de vrai chagrin. J'avais beau tisonner quelques anciennes défaites, ça ne bougeait plus. C'est sans doute cet appétit de chagrin qui fait la jeunesse parce que tout d'un coup je me sentais bien vieux et perdu dans l'énorme beauté de cette plage, pauvre petit lettreux baisé par les Tropiques.

Il n'y a pas ici d'alliances solides et rien ne tient vraiment à nous. Je le savais. La dentelle sombre des cocotiers qui bougeaient à peine contre la nuit plus sombre encore venait justement me le rappeler. Pour le cas où j'aurais oublié.

On ne voyage pas sans connaître ces instants où ce dont on s'était fait fort se défile et vous trahit comme dans un cauchemar. Derrière ce dénuement terrifiant, au-delà de ce point zéro de l'existence et du bout de la route il doit encore y avoir quelque chose. Quelque chose de pas ordinaire, un vrai Koh-i-Nor c'est certain pour être à ce point gardé et défendu. Peut-être cette allégresse originelle que nous avons connue, perdue, retrouvée par instants, mais toujours cherchée à tâtons dans le colin-maillard de nos vies.

«Devenez dès aujourd'hui des ombres. »

Maurice Chappaz

Retour au petit trot, le cœur entre les dents. Des bouffées de citronnelle et de jasmin me parvenaient déjà du Fort. Ces odeurs véhémentes, cette Île! depuis quand étais-je venu vivre ici? L'effritement continuait, avant d'atteindre ma chambre j'aurais oublié jusqu'à mon nom.

Les nuages venaient de dégager la lune. En passant au pied d'une église baroque que j'avais toujours trouvée fermée, j'aperçus une forme noire, en chapeau rond à larges bords assise sur la dernière marche, qui lâchait des ronds de fumée et semblait regarder dans ma direction. Minuit était bien passé. Je me pinçai pour m'assurer que je ne rêvais pas, mis mes mains en porte-voix et criai d'une voix qui masquait mal ma déconfiture : «Mon Père, priez pour moi ; je ne peux plus me souvenir, il fait trop chaud. »

«Mon fils, répondit aussitôt l'apparition, voilà bien longtemps que j'ai trop chaud pour prier. »

C'était une voix d'opéra bouffe, sonore et creuse comme celle d'une cigale, avec un fort accent italien.

D'un index noirci de tabac, le petit être me fit signe de le rejoindre. Je montai l'escalier zébré de crabes gris dont les marches inégales étaient soulevées par les racines d'un banian et m'assis à côté de lui. Il portait des bottines à boutons de la pointure d'un enfant de dix ans, une barbe de deux jours et sa soutane crasseuse largement étalée autour de lui donnait à penser que le corps n'existait pas, ou qu'il avait été brisé en plusieurs morceaux depuis longtemps. Il tira un cigare des profondeurs de son vêtement, le fit craquer contre son oreille, frotta une allumette soufrée sur sa semelle et me le tendit tout allumé.

«Je suis le Père Alvaro, reprit la voix chitineuse, passé quatre-vingts ans, dont cinquante à servir la Compagnie. Personne ne prie ici. Je suis bien placé pour vous le dire. On ne peut pas, le ciel est trop chargé, l'air trop lourd, cela ne passe pas. Même nos jeunes avec leur bel entrain… ils ont beau s'appliquer mais quand je vois leurs airs faussement repus, je sais bien qu'ils simulent. Nous les envoyons chaque année à Ampitya dans notre séminaire des collines à deux mille pieds, pour qu'ils retrouvent un peu à Qui parler. Sans cette coupure ils ne tiendraient pas. Ce climat, vous l'avez constaté, ne favorise pas les convictions bien ancrées. Moi, cela fait des années que je n'y suis plus monté, mais à mon âge on supporte mieux cette solitude. J'ai cru si longtemps en Dieu, c'est bien son tour de croire en moi… »

Le ricanement qui ébranla sa légère carcasse s'acheva en toux de fumeur.

« Notez, poursuivit-il, que j'ai eu d'excellentes années : douze à Shrinagar, huit à Darjeeling, un air comme du champagne. Je n'ai jamais mieux prié, légèrement, des heures durant, à ne plus s'arrêter au point que nos aînés devaient nous rappeler à nos besognes. Nous sommes tout de même un Ordre militant. Tôt le matin surtout cela montait tout droit. Des deux côtés une réception parfaite, pas de parasites, pas un seul malentendu. Je demandais beaucoup, j'obtenais plus encore… même des choses dont j'ai vergogne aujourd'hui… Oui ! le Ciel a pour la jeunesse des complaisances inexplicables. (Ce n'était cette nuit-là pas du tout mon avis.) Le seul de mes vœux qui n'ait pas été exaucé, c'était de rester là-haut. De bonnes places croyez-moi et que je regrette chaque jour ! Enfin, j'ai eu ma part. Chacun son tour d'aller au bal. J'espère que ceux qui sont au frais ne m'oublient pas dans leurs requêtes. »

De sa petite main sèche et tavelée, il fit le geste

de congédier quelque chose d'importun et se mit à se balancer d'avant en arrière sans plus s'occuper de moi. Au terme de cette journée abominable c'était tout de même une aubaine de tomber sur quelqu'un qui parlait de Dieu comme un aérostier et d'effusions mystiques comme un télégraphiste. Moi qui avais toujours aimé les trucs de métier, les tours de main, les spécialistes qui soignent le travail, je venais d'en trouver un, un fameux même! et dans un domaine où on les compte sur les doigts d'une main. Je n'allais pas le laisser s'en tirer à si bon compte.

«À vous entendre, mon Père, on dirait que vous avez perdu la foi ici» dis-je pour le relancer.

«Dieu seul le sait! répliqua-t-il d'un ton piqué, c'est désormais son affaire et non la mienne.»

Réponse dont l'ambiguïté était bien digne de la Compagnie qu'il servait depuis si longtemps.

«D'ailleurs, reprit-il en m'envoyant un léger coup de coude et comme s'il me filait un tuyau pour les courses, moins on en amène dans l'Île, moins elle vous prend.»

J'entendis encore ce grincement qui lui tenait lieu de rire, puis la toux; il n'avait pas fini de s'expliquer avec ses bronches que je m'étais assoupi, perché tout droit sur ma marche, avant d'avoir pu mesurer la pertinence de cette affirmation. Je rêvais. Je descendais en tournoyant vers des paysages oubliés depuis trop longtemps.

Je voyais des haies, des andains mouillés, la pluie sur de maigres cerisiers sauvages bouffés par le gui où des merles picoraient des cerises vineuses et déjà fermentées, une roulotte de vanniers bâchée de vert secrètement garée entre des saules...

La bouffée de vent de mer qui me réveilla me ramena à bride abattue sur l'escalier de l'église par six degrés de latitude Nord et septante-sept de longitude Est. J'essuyai de l'avant-bras mon visage trempé de sueur et m'assurai du coin de l'œil que mon compagnon était toujours là. La brise gonflait sa soutane et il flottait maintenant une bonne coudée au-dessus de la dernière marche, l'axe du corps oscillant légèrement sur cette noire corolle, ses bottines de comédie se balançant dans le vide. Il fixait la mer en fumant un de ses infects cigares sans se préoccuper le moins du monde de cette lévitation, d'ailleurs modeste, mais qui me semblait bien incommode. Il était seulement un peu monté comme un ludion dans sa bouteille. Un petit tricorne de cuir bouilli avait remplacé son chapeau de curé. Il marmottait des mots sans suite et semblait m'avoir complètement oublié. Je m'aperçus que dans mon sommeil je l'avais empoigné par sa soutane et que ma main froissait encore un petit paquet de lustrine.

J'assurai ma prise, convaincu que ce vieux grillon badin et calciné savait une ou deux choses dont j'allais avoir besoin avant longtemps. Je n'avais pas d'amis ici. Pas question que le vent m'enlève celui-ci. D'autant plus que nous entrions dans la plus mauvaise heure de la nuit, juste avant l'aube, celle — à en croire mes savants interlocuteurs de l'auberge — où l'air est tout bruissant de malfaisance et d'ombres indécises qui rentrent chez elles à tire-d'aile après quelque mauvais coup. La mer était maintenant remuante, mais derrière le ressac on entendait venu du Fort le roulement rapide et apeuré de ces tambours d'exorcisme que j'avais fini par prendre en horreur. À voir mon voisin secouer le menton je devinai qu'il en éprouvait autant d'irritation que moi.

« Père Alvaro… » Il ne broncha pas.

« Padre. » Cette fois je murmurai presque. Il tourna lentement la tête, sourit en découvrant quelques chicots, et c'était comme s'il me voyait pour la première fois. « Padre, croyez-vous au Diable ? »

« Sans doute mon fils ; je ne suis plus un enfant ; mais pas jusqu'à lui faire la part aussi belle qu'ici, ni surtout jusqu'à lui donner un visage. Le secret le mieux gardé du Mal c'est qu'il est informe : le modeler c'est tomber dans le premier piège qu'il nous tend. On ne voit rien d'autre ici, ces fables fantastiques et creuses, ces fantasmes bavards, cette coquetterie morbide, ce remue-ménage, ce vacarme… »

La réprobation qu'il s'efforçait de contenir le souleva encore d'une bonne longueur de main. La semelle de ses bottines était maintenant à la hauteur de mes yeux et c'est la tête levée que j'écoutai la suite d'un soliloque qui ne m'était d'ailleurs plus adressé. Il parlait comme pour se persuader lui-même d'un sujet qui était une écharde dans son cœur. À l'entendre ses affaires de Dieu n'étaient pas si mal gérées qu'on le chuchotait ici. Après trente ans de séjour dans l'île, il s'y connaissait en diableries. Il avait rarement eu le dessous et de tous les élèves qui étaient passés entre ses mains la magie n'avait pu lui en arracher qu'un seul. Hélas un des plus prometteurs, un tamoul de quinze ans qu'un charme avait lié à l'arbre pipal qui poussait au milieu du préau. Chaque nuit, il quittait le dortoir en somnambule, on le retrouvait à l'aube, les bras passés autour du tronc, la joue contre l'écorce, les yeux cernés, dormant debout. Il brisait en se jouant les liens avec lesquels ensuite on avait essayé de l'attacher à sa paillasse. Peut-être aurait-on pu l'éloigner mais les Pères ne voulaient pas s'avouer battus. L'exorciste du diocèse était venu tout exprès de la capitale pour réciter sur la tête du petit possédé la prière de Léon XIII. Comme ses oraisons étaient sans effet, on avait essayé la manière forte et scié l'arbre coupable au grand dépit des séminaristes qui y accrochaient guirlandes et lampions à chaque fête mariale. L'enfant était mort le lendemain. Je connaissais cette forme d'envoûtement qui est ici fréquente, peu coûteuse et très difficile à dénouer car, comme Alvaro en convenait lui-même, il est plus raisonnable d'aimer les arbres que les hommes. Rien donc qui lui parut mériter d'être transmis à ses supérieurs.

Une autre nuit — voilà bien des années — près du Bastion de Klippenberg un Portugais en pourpoint noir à aiguillettes l'avait arrêté, salué très civilement en balayant la poussière de sa toque et prié de lui donner l'absoute : il était mort sans les Sacrements trois cent cinquante ans plus tôt en défendant la ville contre les Hollandais. Requête des plus naturelles.

« Bien sûr que je l'ai absous, ce pauvre bougre ! charité oblige et je n'ai jamais été avare de signes de croix. Il est aussitôt disparu en fumée en bredouillant des Pater. Que faisait-il encore à traîner parmi nous malgré les assurances que le Christ, et surtout la Compagnie, fournit même aux âmes les plus tourmentées. L'Île avait dû lui tourner la cervelle. En rentrant chez moi je me disais : tout de même, à mon âge être encore occupé de pareilles sottises ! ces militaires assourdis par leurs bottes passent toujours à côté de l'essentiel. Enfin, pauvre homme ! et ce chapeau extravagant ! (Il ne s'était pas vu, avec son tricorne de Polichinelle.) Vous voyez à quoi ces rumeurs se réduisent : à rien ou presque. Il ne faut pas se

144

monter la tête avec ces histoires. Je reconnais cependant qu'il y a ici plus d'une manière de passer de vie à trépas… bien ! oui… eh bien… ! » grommela-t-il comme pour se débarrasser de moi.

Pour cette nuit il jugeait qu'il en avait assez dit. Moi pas. Ce vieillard me plaisait : on n'en finit pas de chercher son père et j'avais un peu perdu le mien — le vrai — voix et visage le long de la route. Je tirai d'un coup sec sur la soutane pour le faire redescendre, à le regarder flotter j'attrapais le torticolis. Un lambeau de tissu cuit par la crasse et la transpiration me resta dans la main. Le Père Alvaro s'était volatilisé. Il me sembla voir sa silhouette passer à toute allure devant la pleine lune qui pâlissait et je me retrouvai seul au sommet de mon escalier. Il y a des jours — des nuits surtout — où il ne faut pas trop chercher à savoir qui a écrit la musique, et à cheval donné on ne regarde pas la dent. Je m'entendis répéter en riant : « Il-ne-faut-pas-se-monter-la-tête-avec-ces-histoires. » Cela faisait plusieurs jours que je n'avais pas ri, même de moi. Cet entretien sous les étoiles m'avait réconforté. L'aube tendait dans le ciel de somptueuses draperies couleur de sang. Je regagnai ma chambre tout ragaillardi, expulsai à coups de balais quelques bernard-l'ermite, scolopendres et scorpions dont le karma me paraissait indécis, punaisai au mur une grande feuille de papier pour les idées du lendemain et fis lessive et toilette de tout ce qui pouvait souhaiter être toiletté et lessivé. Je m'endormis dans une chambre récurée comme un squelette. J'aurais voulu ce matin-là qu'une main étrangère me ferme les paupières. J'étais inexplicablement allégé et le bonheur se partage. J'étais seul, je les fermai donc moi-même. «Comment vais-je? Bien, merci et moi?»

Le lendemain, tard dans l'après-midi je demandai à l'aubergiste si le nom d'Alvaro lui disait quelque chose. Il était en train de réparer un filet et le vertigineux travail de ses doigts resta un instant suspendu. Sans lever les yeux il me répondit d'une voix sourde et altérée qu'on ne l'avait pas revu depuis des années, retint la question qui lui brûlait les lèvres, puis ses mains retrouvèrent leur cadence. Je m'adressai sans plus de succès au diocèse de la capitale, puis j'écrivis sur le Continent aux jésuites du collège Saint-Thomas où je m'étais fait des amis. Le père Mathias mit plus de deux mois à me répondre. Gregor Mathias Impferfisch était un souabe bourru et rougeaud qui cachait sous ses allures de rustre beaucoup de finesse de cœur et d'humour. Latiniste incomparable et excellent spécialiste de la musique indienne. Je me souvenais — mais était-ce bien dans cette vie? — lui avoir demandé une fois où il était allé pêcher ce nom invraisemblable. Il m'avait répondu avec un rire homérique que Belzébuth l'avait forgé tout exprès pour lui «avec de longues tenailles».

L'affaire qui me préoccupait le touchait assez pour qu'il s'exprime dans sa langue maternelle, l'allemand. J'eus du mal à déchiffrer sa haute et orgueilleuse calligraphie car il écrivait en « fraktur ». J'ai brûlé cette lettre, jugeant que certaines choses ne doivent être lues qu'une fois et je n'en donne ici que l'essentiel. Alvaro et lui avaient pratiquement « fait leurs classes ensemble » aux confins du Tibet, puis au Cachemire. Il semblait avoir été l'enfant terrible de cette petite communauté. Aux abords de la cinquantaine, il s'était défroqué pour aller vivre avec une aborigène d'une tribu du Sud-Dekkan.

… « Ce sont des écarts véniels dont il nous faut savoir tirer parti. De sa savane il nous envoyait des lettres pleines d'informations précieuses sur les croyances, la musique, le dialecte de cette tribu encore mal étudiée. Nous nous réunissions le soir pour les lire à haute voix. Nous savions qu'il nous reviendrait. Une femme peut faire jeu égal avec Dieu mais jamais bien longtemps. Une année n'était pas passée qu'il commençait à s'ennuyer de nous. L'aiguillon de la chair, ha ha ! À son retour nous avons tué le veau gras, d'autant plus qu'il nous ramenait la grammaire que nous espérions… »

Les sanctions avaient été légères et de pure forme. C'est lui-même qui avait choisi peu après de s'exiler dans l'Île pour une expiation à laquelle personne ne le poussait. Il était mort en septembre 1948 d'un accès de bronchite dans une maison de retraite que la Compagnie possédait du côté de Manar. Son décès avait fait scandale car, tout en étouffant, il avait refusé avec fureur les Sacrements qu'un jeune nigaud de Bavarois voulait lui administrer. Ses petites mains tavelées avaient fait le geste d'éloigner quelque chose d'importun ; il avait encore trouvé la force de hurler «kein Theater» avant de retomber sur ses oreillers aussi mort qu'on peut l'être, le corps comme brisé en plusieurs morceaux.

Six ans déjà! La lettre se terminait par ces mots : «C'était un homme à lubies, une forte tête comme nous les aimons chez nous, un de nos meilleurs linguistes aussi.» Plus une collection de bénédictions sarcastiques que ce vieux forban adressait au parpaillot qu'il avait connu.

Cette conclusion me toucha plus qu'elle ne me surprit. Dans l'intervalle, j'avais retrouvé le Père Alvaro à deux reprises sous la même lune au haut du même escalier où il voulait bien corriger les articles que j'écrivais en anglais pour la capitale. Mon travail semblait lui tenir à cœur ; ses critiques de fond comme de forme étaient extrêmement pertinentes. Son vocabulaire était superbe, particulièrement pour tout ce qui évoque la dégradation, l'abandon, le chagrin : «Forlorn, unwanted, God-forsaken, derelict, crest-fallen, etc.» Il s'esquivait toujours à sa manière volatile et surprenante, me plantant là sans crier gare, souvent au beau milieu d'une phrase, pour s'envoler comme un léger flocon de suie. Je ramassais les feuilles éparses sur les marches, couvertes de fines pattes de mouches, rentrais chez moi et passais le reste de la nuit à travailler.

Ma prose me valait de grands compliments, mais je ne pouvais expliquer à personne à quelle sorte d'obligeance je devais ces prouesses. Quelques progrès que j'aie pu faire ensuite dans cette langue que j'aime, je ne l'ai jamais plus écrite avec cette maîtrise et ce sombre éclat. Vingt-cinq ans après, je ne relis pas sans une sorte d'horreur ces textes qui puent le soufre et la solitude.

« Le monde des ombres, m'avait dit le Père la dernière fois que je le vis, tournoie dans une épouvante sans substance ni pivot. » Avec dans la voix une véhémence et une amertume que je ne lui avais jamais connue. Il était toujours aussi sale et mal soigné ; une loupe commençait à pousser derrière son oreille gauche. Cette nuit-là, je n'avais pas encore reçu de ses « nouvelles », et je n'étais pas certain qu'il parlât pour lui. Si j'avais su, moi qui n'ai ni foi ni loi, bien sûr que je lui aurais donné l'absoute, pauvre bougre, à traîner encore parmi nous *avec son extravagant chapeau.*

Ainsi soit-il !

XVII

Le Monsieur de Compagnie

« Je sortirai car j'ai à faire : un insecte m'attend pour traiter. »

Saint-John Perse

Quand je l'ai vu traverser la rue j'ai cru que c'était une souris. C'était un escarbot, mais façon tropiques, cornu, cinq fois plus gros que ceux que La Fontaine pouvait voir à Versailles. La taille d'une tabatière de poche. Il poussait devant lui une boule de crottin, poussait tout en retenant de peur que le vent de mer ne la lui emporte. J'étais sur le fauteuil du barbier, la gueule pleine de savon. J'ai éloigné le rasoir de ma gorge et j'ai bondi dans la rue pour le capturer. Il ne l'entendait pas du tout de cette oreille et m'a fendu l'extrémité du pouce en guise de bonjour. La douleur et la surprise m'ont fait serrer le poing : il s'est aussitôt tétanisé, faisant le mort sans lâcher sa boule comme ces gisants impériaux qui tiennent la Sphère du Monde contre leur cœur sans vie. J'ai ramené chez moi ce citoyen de marcassite — on s'offre les compagnies qu'on peut —, l'ai installé avec son colis et une feuille de salade dans une boîte de cigarettes «Four Roses» dont j'ai percé le couvercle, et me suis remis au travail. Au bout d'une demi-heure, il a jugé que ses pâmoisons simulées avaient assez duré et s'est mis à faire dans son logis un tintamarre qui couvrait le bruit de ma vieille Remington. Il est même parvenu à soulever le couvercle et j'ai vu apparaître entre deux pattes qui agrippaient les bords sa grosse tête obtuse et courroucée coiffée de tôle comme ces personnages-marmites qui hantaient Jérôme Bosch. J'ai cru entendre dans son langage de chitine la bordée qu'il me passait, exigeant entre mille autres choses le cahier des réclamations. Je n'ai pas pu garder mon sérieux — il n'y a plus que les insectes pour me faire rire ici — et cet éclat, qu'il a pris bien à tort pour de la dérision, l'a mis absolument hors des gonds. Il a produit en frottant l'une contre l'autre les deux parties de sa cuirasse un grincement intolérable sans cesser de me fixer d'un œil furibond. Je l'ai posé avec son déjeuner et son bagage dans un coin tranquille et sombre à côté de la guitare. Où il ne risque rien : aucun de mes pensionnaires ne peut inquiéter ce colosse, ni l'égaler dans un comique où il nous rejoint presque.

Je l'ai retrouvé sans peine dans les planches de

Leffroy — je ne crois plus au hasard — à la page même qui, voilà quelques mois, m'avait assez intrigué pour que j'achète ce bouquin. C'est un mâle de la variété « Heliocopris Midas » ; cette boule qui semble être pour lui une source de tracas contient sa progéniture. Et c'est à son propos que l'auteur ajoutait « sometime, they fly in the rains ». Do they ? Sometime ? Doux Jésus, voilà bien la litote anglo-saxonne ! La première goutte n'est pas tombée dans la cour qu'il a déjà pris l'air, aussi bruyant qu'un bombardier en détresse, se cognant partout avant de venir s'abattre sur ma table en catastrophe, sonné par son parcours. Je l'enferme alors dans sa boîte pour le seul plaisir de l'en voir ressortir. Il a passé une bonne semaine dans ma chambre, venant chercher sa verdure dans ma main, bricolant sobrement dans les coins ou roulant sa balle de crottin, noir, correct, préoccupé avec son air de flic en bourgeois. Avant-hier, jour de grande pluie, il s'est installé sur la balustrade du balcon, le temps de mûrir sa résolution puis s'est lourdement envolé vers le banian qui domine la mer, et n'est jamais revenu. Il m'a laissé prendre soin de sa famille — moi qui n'entends rien aux enfants — mais je n'ai aucune idée de l'endroit où il est allé dissimuler son couvain. Parfois, dans cet espace qui se resserre sans cesse et dans mon temps ralenti, il me semble entendre cette boule de crotte où des larves incubent tic-taquer comme une machine infernale. Il faut que je déguerpisse, que cette chambre, cet aubergiste aux yeux d'atropine, cette Île ne soient déjà plus qu'un souvenir avant que cet engin n'éclose.

XVIII

Retour de mémoire

Cette nuit, le chat m'a réveillé en sursaut faisant dégringoler la gamelle où j'avais laissé une tête de poisson. Ce matin de bonne heure, l'aubergiste : « Ba-o-u-vi-e-rr Sahib. » Ici, à moins de huit syllabes, un nom n'a ni crédibilité ni substance ; douze ou quatorze vous posent un homme. Le mien qui n'en a que deux a l'allure d'une blague indigente, d'un mégot fumé jusqu'aux doigts. Joignez à cela mon train de vie si modique. C'est donc pour m'éviter une humiliation superflue que l'aubergiste l'étire et le retourne interminablement sur sa langue. Lui, c'est un Civaïste bon teint qui étoufferait plutôt que de voler une roupie, auquel ces attentions viennent naturellement et dont le karma ne m'inspire aucun souci. Il m'a tendu une longue dépêche et un mandat : la meilleure revue de l'Île m'a décerné son prix annuel pour les quatre papiers qu'elle a publiés et m'en commande un cinquième à livrer d'urgence, sur l'Azerbaïdjan. Payé d'avance. Les pandits de la rédaction me félicitent en outre de ma « connaissance de l'Est ». Ce sont de grêles gentlemen acajou aux yeux de choucas, aux tempes argentées, qui citent Krishnamurti ou Ruskin dans le texte et sifflotent du Mahler en petit-déjeunant. Connaissance de l'Est ? alors que je n'ai pas encore compris dans quel piège j'étais tombé ici ni pourquoi je m'obstine à y croupir. Il semble en tout cas que le travail fait dans cette étuve avait assez de réalité pour être imprimé et primé. Je soupçonne qu'il y a aussi du Père Alvaro là-dessous. Un instant j'ai revu son menu et noir fantôme perdu au haut de l'escalier et j'ai chassé cette image de mon cœur. Qui n'a aucun moyen humain de repayer une dette ferait mieux de l'oublier tout à fait. Mille trois cents roupies, c'est assez pour passer au Japon, y guérir, y vivre un temps.

J'ai relu ce télégramme et suis allé mariner un moment dans le bassin de la cour parmi les cancrelats demi-noyés. Le jour se levait. Derniers chants du coq et bruits d'ablutions matinales. À quelques pas de moi, des soupirs d'aise montaient de la cabane des latrines ; dans le noir de la lucarne qui découpe la porte je distinguais un visage plus sombre encore, le front emperlé, bloqué dans une concentration rêveuse, qui me regardait sans me voir.

J'ai compté les jours et répondu qu'ils auraient leur texte mardi. Ce qui a interrompu le journal que j'essaie de tenir ici car depuis il ne s'est rien passé sinon ceci : écrit à la main, trotté jusqu'au phare pour me rafraîchir dans les embruns, tapé ce qui était écrit, ressorti pour les cigarettes, récrit, dormi deux heures, relu, corrigé, puis balade nocturne à l'heure où la ville est silencieuse et belle dans son étourdissante odeur de jasmin avec, dans ma chemise, un plan du texte de la taille d'une affiche. Étapes en escalier dans les gargotes encore ouvertes supprimant, reliant, affinant à perdre haleine avec le sentiment d'être un assassin qui affûte un couteau. Trouvant un raccourci accroupi sur le seau des toilettes, un adjectif dans le miroir à barbe, ici et là — en arpentant ma chambre — un mot comme un œuf frais pondu dans la paille, un sous-titre tandis qu'un verre m'échappe et se brise, un éclairage à cause d'une dégringolade de harpe bouddhique dans les haut-parleurs de la rue. La journée entrant dans le texte comme dans un laminoir. Ici et là, une heure d'anglais pour changer les idées qui n'en voulaient rien, chaque mot me renvoyant à un visage, une odeur, un écho de Tabriz où voici deux ans j'avais battu la semelle en attendant le printemps. Il me faudrait une aigre clarinette et le feutre d'une semaine de neige ininterrompue pour rendre justice à cet hivernage inoubliable, enfoui si loin. Je n'ai qu'un ciel torride et bas, un vocabulaire anémié par cette chaleur de serre. Ce n'est pas le moment de faire le difficile : je me suis accroché d'une pluie nocturne à l'autre, balloté comme un espar à faire voisiner dans ma tête ces deux géographies inconciliables. Brefs assoupissements où je voyais la ville en bataille, noire et glacée dans ses vergers griffus sortir du texte terminé. La nuit s'égouttait interminablement ; par les portes palières ouvertes j'entendais mes voisins geindre, glousser, soliloquer en traversant leur mauvais sommeil comme des boulets chauffés au rouge...

Dimanche

... Des images que je croyais perdues corps et biens me revenaient si rapides et véhémentes que ma plume avait peine à suivre. Seule distraction : ce chemin de fourmis qui depuis hier relie mon plancher à ma toiture et passe droit devant ma table. Un ruban roussâtre et fluctuant, deux pistes à sens unique. Elles se sont mis en tête de coltiner sur cette verticale le corps d'un petit gecko qui s'était imprudemment avisé de traverser leur route. Tirant du haut, poussant du bas, elles sont des centaines à s'affairer autour du petit animal dont la dépouille se moire d'un velours d'ouvrières. Il est retombé plusieurs fois, leur faisant perdre un terrain durement gagné. Elles ont passé un jour ou deux à la hauteur de ma machine et parfois je m'interrompais pour tarabuster le chantier du bout de mon crayon. Dans le silence menaçant de la sieste où pas une paupière ne bat dans la ville, il me semblait entendre les sifflets des contremaîtres, les jurons des grutiers, le ronflement des treuils. J'espère avoir terminé avant qu'elles ne disparaissent avec leur fardeau dans les retraites de mon plafond. Ce sont de grandes « Œcophyles smaragdines » qui ne m'avaient encore jamais rendu visite. Merveilleusement carénées, astiquées comme les bottines du Maréchal Lyautey, très vaines de leur taille fine. Snob et talon rouge en diable : le fin du fin de la myrmécologie équatoriale. Toutes les autres fourmis les haïssent et les attaquent.

Lundi

Je ne sais où sont passées les journées. J'en avais même oublié la poste. À midi, la machine s'est bloquée. L'ai portée chez l'horloger, un vieillard quasiment aveugle qu'on trouve souvent accroupi sous son établi, un aimant à la main à rechercher dans la poussière les vis ou les ressorts qu'il a perdus. Il a desserré quelques écrous, a

159

secoué la machine en tremblant au-dessus du caniveau et les roulements à billes se sont répandus comme du mercure dans la foule émerveillée. Impossible d'en trouver une autre ici. L'horloger en possède une, en gage d'un travail qu'on lui doit, mais rechigne à ce que je l'emporte. J'ai donc poursuivi ma copie à son établi, une douzaine de têtes penchées sur mon épaule, crachant du bétel en trajectoires gracieuses qui frisaient mes oreilles. Je tiens l'horaire, mais tandis que je vais me refournir au tabac voisin et que l'horloger s'endort, mes spectateurs tapotent les touches et s'amusent à copier à la suite des phrases tirées du vieux « Paris-Match » qui me sert de sous-main. En me relisant au retour, j'ai découvert avec stupeur que les musiciens de ma taverne arménienne étaient « en compagnie du photographe G. Reyer et de notre reporter D. Lapierre ». J'ai repris cette page foutue et l'après-midi s'est passé sans que je lève le nez. À minuit, j'ai traversé le Fort, léger comme une plume pour mettre le pli à l'autobus rose qui part pour la capitale. Mardi soir. Jamais quatre jours n'ont passé si vite. Vingt-cinq pages : j'ignore si c'est bon, mais cela ressemble assez à ce que j'ai vécu. Revenu du terminus en traînassant pieds nus dans un semblant de fraîcheur, la tête emballée giclant des lambeaux d'idées sur la Chine, le vaudou, l'accordéon, l'amour... tout quoi ! Je m'arrêtais à chaque coin de rue pour noter ces bribes, tenant d'une main mon papier contre le mur. Fin de l'hémorragie. Suis allé m'asseoir sous le banian voisin de l'auberge, à prendre la brise du large et me demander si cette dictée allait continuer. Mal dormi à cause de fulgurants nuages couleur d'huître qui couvraient et découvraient la pleine lune. Le jour venu, j'ai acheté un ananas, une petite raie, quelques cigares et un quart de rhum. Balayé la chambre et punaisé une nappe de papier vierge contre mon mur bleu pour piéger les idées du jour et surtout couper ce chemin de fourmis qui me fait tourner la tête. Comme elles craignent la blancheur, leurs colonnes se partagent en atteignant le bord et encadrent exactement la feuille d'une sorte de fourrure. Ressemble à un grand faire-part de deuil où le nom resterait à inscrire. Tout en mâchonnant je me disais « pas le mien, pas aujourd'hui ». Alors seulement j'ai pensé au courrier, j'avais une lettre d'Europe que je suis allé lire à la gargote des dockers. Sombre éclat des visages, reins culottés d'un torchon, jambes noires et maigres avec des pansements dessus, des chiques posées sur la table sur un bout de journal et la machine à sous dans la lumière ambrée qui dorait cette pouillerie. J'y ai trouvé cette phrase « au nord de Grenoble il pleuvait. L'herbe était haute. Il y avait des geais dans les noyers » qui m'a étrangement remué. À cause de l'herbe. Ici où la végétation ne se refuse aucune fantaisie, où l'orchidée pousse comme du trèfle, l'herbe est rude et sans goût. Comme si elle poussait trop vite pour se soucier d'avoir une forme. L'Europe peut bien avoir tous les défauts, elle a une herbe incomparable : la joaillerie du pré dessinée par Dürer, ou celle peinte brin par brin par ces enlumineurs du Moyen Âge, grands pérégrins, arpenteurs de vergers, détrousseurs de poulaillers, et qui sert ordinairement de toile de fond au martyre, au carnage, à la guerre. Jérusalem ou Troie flambent sur un tapis de myosotis. La pluie ? Ici aussi il pleut : tornades merveilleuses qui ont balayé les bouteilles vides de mon balcon. Ma toiture ruisselle de partout, je m'interromps pour placer des seaux. À l'instant cela recommence et c'est beau. Même au cinéma on ne voit pas cela qui coûterait trop cher. Ça dégringole sur le banian, le phare et sur la mer qui en est assourdie, muette, matée jusqu'à l'Antarctique.

Un jeune scorpion rouge vient d'entrer chez moi, ivre d'humide, trempé jusqu'au venin, s'époumonant en circuits inutiles. Mousson du Nord-Ouest. Tout mon bestiaire est saisi d'ébriété : ce ne sont que pinces et dards qui s'ébrouent dans les crevasses et fissures de ma chambre. Même les termites ont interrompu leur damné travail. C'est la première fois depuis que je suis ici. Si obtus qu'ils puissent être, la solennité de cette météorologie les dépasse.

Pour l'instant ils tremblent d'avant en arrière sur leurs courtes pattes en émettant une sorte de bruissement. Peut-être bien qu'ils chantent. Ils ont raison. Moi, je refleuris tout seul au cœur de mon petit enfer.

XIX

Ce matin…

L'horloger a un œil blanchi par le trachome et la loupe noire fixée sur l'autre lui donne l'air d'un escargot. Je lui ai porté ma montre qui s'est arrêtée avant-hier. Bonjour ! Mais ce matin il ne répond pas : il est comme médusé par une chose installée sur son établi au milieu des outils et des réveille-matin. À travers la sueur qui me pique les yeux, je distingue une nuée roussâtre haute d'une coudée qui tourbillonne sur elle-même et ondule comme une colonne de fourmis volantes en produisant un halètement rapide et rauque. C'est intolérable. Quelles crapuleries cette créature n'a-t-elle pas dû commettre dans une vie précédente pour en être réduite aujourd'hui à une si abjecte apparence. Un flot de bile m'est monté à la gorge. L'horloger semble savoir de quoi il retourne. De la main, il m'a fait signe de rester sur le seuil, sans quitter des yeux l'établi comme quelqu'un qui s'apprête à en finir avec une tarentule, puis il m'a envoyé chercher l'exorciste qui dort en rond comme un chien entre deux lauriers en pots dans la cour du cinéma «Cosmic». Il m'a accompagné en bâillant jusqu'à la boutique, a éventé l'apparition avec une feuille de bananier et lui a demandé son nom. C'est par l'aubergiste — il apportait une tondeuse de coiffeur grippée par la rouille — que j'ai pu en savoir un peu plus sur la tractation qui s'est engagée. L'horloger aurait jeté des immondices dans un enclos sur lequel «l'autre et les siens» prétendent avoir des droits. (C'est souvent sous des prétextes aussi minces et fumeux qu'ils se retranchent pour nous extorquer quelque chose.) Au terme d'un maquignonnage où je voyais l'horloger, à chaque réplique, secouer imperceptiblement la tête pour faire baisser l'enchère, on égorge le poulet le plus étique qu'on ait pu trouver et cet ignoble essaim sanguinolent s'est évanoui comme fumée. Il y a maintenant une douzaine de voisins sur la porte et les commentaires vont bon train. L'exorciste reçoit deux roupies qu'il met dans sa ceinture et retourne à sa sieste, la volaille décapitée sous le bras. La chaleur est atterrante malgré le ciel gris et le soleil filtré. J'ai les jambes qui tremblent et la nausée. Je me demande aussi en quoi cette montre réparée pourrait m'être utile. Mes rapports avec le temps ne sont depuis longtemps plus ce qu'ils étaient autrefois : retrouver le prénom de mon père me prend parfois plusieurs minutes, voici plus d'un mois que je repousse le moment d'écrire en Europe et, pas plus que l'horloger, je ne suis certain de ce que je retrouverai sur ma table en rentrant. J'ai peur d'être passé en douce de l'autre côté du miroir, et que cette peur envahisse ce qui me reste de raison.

Sur le chemin du retour, l'aubergiste m'a assuré que tout ce manège se réduisait à une escroquerie doublée d'une arnaque : l'exorciste se sentait l'appétit de dévorer un poulet, l'envie d'exercer son pouvoir et a mystifié l'horloger en lui envoyant ce petit sac d'épouvante (il est vrai que pour un homme endormi, il s'est trouvé bien vite debout). Il a, paraît-il, d'autres tours dans son sac. L'aubergiste porte un fil rouge au poignet droit pour se prémunir contre ce genre d'impostures et ne s'en laisse pas facilement conter. Il a ajouté que le démon qui lui est apparu clairement comme à tous les autres — je suis le seul borgne ici — portait en sautoir un cordon brahmanique tout effiloché dont le blanc avait viré à un vilain rouge sang-de-bœuf. Je lui ai rétorqué aigrement que même s'il avait raison, je souhaitais être tenu à l'écart de ces manigances. Depuis que je commence à entrevoir ce que mes voisins voient chaque jour je ne m'en porte pas mieux, tant s'en faut. Mais j'ai tort de m'en prendre à cet homme qui ne m'a jamais voulu que du bien. Il me connaît mieux que je ne l'imagine, il a senti que j'étais sur le point de craquer.

167

Quelques instants plus tard, il est monté jusqu'à ma chambre pour me présenter la fillette que sa femme lui a donnée voici quelques jours. Elle était posée sur un coussin de velours comme une broche. Un teint mat, des yeux d'escarboucles et la plus longue chevelure noire que j'aie jamais vue à un nouveau-né. Lui la tenait à bout de bras, les yeux baissés, le corps fléchi par un excès de bonheur. J'ai touché d'un index léger le petit front qui s'est aussitôt emperlé de sueur. L'enfant était absolument immobile, absolument réelle, absolument humaine. Nous nous taisions tous les deux devant ce petit miracle. Dans la cour j'entendais tourner la roue d'un vélo qu'on venait de graisser.

XX

Le dernier enchanteur

« *Où est passé le poing quand la main est ouverte ?* »

Allan Watts

Novembre

Retour de la plage entre chiens et loups. Les couleurs ternies se bousculaient encore avant d'être reprises dans le noir. Traversé le bazar qui se vidait. Les derniers éventaires pliaient bagage. Sous la tente du poissonnier un musicien ambulant jouait, les yeux fermés. Autour de lui les piécettes qu'on lui avait jetées brillaient dans les flaques. Il s'était remis à pleuvoir. Chanson d'amour, les cordes nasillardes de la vina, la voix haute et plaintive. J'ai fermé les yeux moi aussi, j'ai entendu le bourdon assassin d'une guêpe qui rôde autour d'une jupe haut-fendue. Un peu plus loin, sur la pelouse détrempée qui sépare le marché du Fort j'ai rejoint quelques attardés en cercle autour d'un vieillard bronzé qui faisait l'arbre droit. Ces baladins qui viennent du continent apparaissent sur nos places et disparaissent sans pourquoi ni comment. Après avoir assuré son assiette, le vieux déjeta légèrement son corps, ramena son bras droit derrière sa nuque, replia les jambes dans la position du lotus et resta ainsi en équilibre sur une main jusqu'à ce que sa mâchoire se mette à trembler. Il portait des anneaux d'acier aux chevilles. Il reprit terre et fit distraitement deux sauts périlleux pour se rapprocher de son petit matériel d'illusionniste, noué dans un mouchoir de coton rouge. Le brouillard qui passait en nappes rapides nous dérobait et nous rendait nos silhouettes de badauds indécis. Je regardais ce vieux visage faunesque et buriné, de cette beauté presque aérienne qu'on trouve parfois en pays Maharate, qui ne faisait qu'un avec ce corps sec et puissant. Je pensais avec envie aux nuits qu'il avait passées à la belle étoile avant d'arriver ici. Temples solitaires des collines, attente de l'aube, mains sous la nuque à côté d'un Ganesh barbouillé de minium, gâteaux de bouses, sourires éclatants, bourgades poussiéreuses encore chaudes du jour, fardées de fleurs pour une fête fugace. Je regardais le nomade que j'avais cessé d'être et rêvais de redevenir. Il sortit de son balluchon six petits

170

couteaux à manche d'ébène, à lames courtes et incurvées qui ressemblaient à des greffoirs. Sans doute allait-il les lancer. C'est un exercice difficile, salubre, libératoire auquel je m'étais souvent essayé sans beaucoup de succès. J'ai toujours rêvé d'être adroit; je tremblais d'impatience. Il les retira un a un de leur fourreau, soufflant à chaque fois sur la lame, et se les enfonça jusqu'au manche dans la nuque et dans la gorge sans faire sourdre une goutte de sang. Ainsi lardé, il fit le tour de notre maigre assistance, secouant sa sébile, les yeux renversés ne montrant que le blanc. La chair du cou était lépreuse et blême, l'expression de ce visage sans regard, fourbe et cauteleuse. Dans l'inversion du geste que j'avais attendu, il y avait une menace à peine déguisée. Ce gai gymnosophiste n'était qu'un malfaiteur, et de la plus sinistre espèce. Quand il est passé à ma hauteur, j'ai senti tout au fond de moi le bruit d'une serrure que l'on ferme. J'étais muet de terreur. J'ai renfoncé dans ma poche la monnaie que je voulais lui donner et ai repris le chemin de ma chambre. J'osais à peine tourner la tête comme si les canifs de ce Judas étaient fichés dans ma nuque, je pissais mentalement sur la tombe de sa mère tout en sentant mon esprit s'obscurcir. J'aurais bien voulu pleurer. Passé la poterne j'étais si égaré que j'allais donner du front contre l'écriteau rouillé et tordu qui annonce l'hôpital — «Silence Zone» — et m'ouvris l'arcade sourcilière. Les larmes sont lentes à venir, le sang, lui, fait moins de manières. Je passai les mains sur mon visage ruisselant, m'arrêtai pour lécher mes paumes — c'était délicieux et salé — et poursuivis mon chemin en laissant derrière moi une trace gluante comme les insectes moribonds que j'avais si souvent vus sur mon mur. Moi je commençais à revivre : j'avais touché le fond, je remontais comme une bulle. Cette tête enfin ouverte se vidait comme en songe de tout le noir mirage qui y pourrissait depuis trop longtemps. Je ne veux plus nommer aujourd'hui tout ce qui s'en est, en un éclair, échappé pour s'abolir en silence. Devant l'auberge, la mer lourde et troublée battait exactement au rythme de mon cœur. Suis resté un moment assis sur la digue pour ne pas perdre une goutte de cet épanchement miraculeux. De retour dans ma chambre j'ai commencé à faire mon bagage en répandant du sang partout. Cette plaie n'avait pas d'importance en regard du grondement d'allégresse qui montait autour de moi. À présent je pleurais pour de bon et jamais larmes ne m'ont paru meilleures. Dans les fissures et lézardes de mon logis je voyais pointer pinces, dards et élytres. Toute ma ménagerie me disait anxieusement adieu. Sur la crédence hollandaise, le poisson-scorpion (elle me l'avait donné) étendait son parasol venimeux dans les quatre directions de l'espace. À côté du

172

bocal, un petit crabe rose comme une joue se serrait les pinces en signe de deuil. J'ai laissé sur la table l'argent que je devais à l'aubergiste et j'ai regardé une dernière fois cette soupente bleue où j'avais été si longtemps prisonnier. Elle vibrait d'une musique indicible.

LA PIRE DÉFAITE EN TOUT C'EST
D'OUBLIER ET SURTOUT
CE QUI VOUS A FAIT CREVER

Louis-Ferdinand Céline

DU MÊME AUTEUR

L'USAGE DU MONDE, Droz, Genève, 1963; Julliard, Paris, 1965; Edito-Service, Genève, 1970; La Découverte, Paris, 1985; Payot-Rivages, Paris, 1991

JAPON, Rencontre, Lausanne, 1967

CHRONIQUES JAPONAISES, L'Âge d'Homme, Lausanne, 1975; Payot Rivages, Paris, 1989

LE POISSON-SCORPION, Galland, Vevey, 1981; Gallimard, Paris, 1981

BOISSONAS

UNE DYNASTIE DE PHOTOGRAPHES 1864-1983, Payot, Lausanne, 1983

LE DEHORS ET LE DEDANS

POÈMES, Galland, Vevey, 1983; Zoé, Genève, 1985, La Découverte, Paris

JOURNAL D'ARAN ET D'AUTRES LIEUX, Payot, Lausanne, 1990, Payot Rivages, Paris

LA VIE IMMÉDIATE : PHOTOGRAPHIES, en collaboration avec Ella Maillart; Payot, Lausanne, 1991

ROUTES ET DÉROUTES, Métropolis, Genève, 1992

LE HIBOU ET LA BALEINE, Zoé, Genève, 1993

COLLECTION FOLIO

Dernières parutions

Composition Interligne.
Impression Bussière Camedan Imprimeries
à Saint-Amand (Cher), le 25 août 1997.
Dépôt légal : août 1997.
1ᵉʳ dépôt légal dans la collection : mai 1996.
Numéro d'imprimeur : 1/2145.
ISBN 2-07-039495-6./Imprimé en France.

83641